恋がさね平安絵巻

君恋ふる思い出の橘

九江　桜

20726

角川ビーンズ文庫

もくじ

恋がさね平安絵巻
君恋ふる思い出の橘
登場人物紹介
東宮《とうぐう》
表向きは穏やかな微笑みを浮かべる完璧な貴人。夏花に対してのみ、なぜか冷たく突き放す。
夏花《なつはな》
東宮妃候補となった橘家の娘。幼い頃、北山では「長姫《おさひめ》」と呼ばれていた。将来を誓い合った東宮に会いに来たはずが……。

沢辺《さわべ》

乳母子として共に育った夏花の侍女。

門原与志為《かどわらのよしなり》

夏花の護衛を務める武士。

流《ながれ》

内裏に出入りしているらしき謎の文使い。

摂津《せっつ》

東宮妃候補の一人。豪族となった源氏の娘。

藤大納言《とうのだいなごん》

東宮妃候補の一人。大納言の娘で生粋の貴族。

城介《じょうすけ》

東宮妃候補の一人。武家となった平氏の娘。

本文イラスト／吉崎ヤスミ

一章　別人

「……誰《だれ》？」

思わず漏《も》れた長姫《おさひめ》の声に、その場に集《つど》った誰もが動きを止めて息を呑《の》んだ。

唖然《あぜん》としたのは長姫も同じ。一段高い畳《たたみ》の上で目を瞠《みは》る東宮《とうぐう》は、長姫の知る東宮《みや》ではない。

――別人。

あでやかに薫《かお》る香《こう》。煌《きら》びやかな十二単《ひとえ》姿。東宮の前に並ぶのは、華《はな》やかに着飾《きかざ》った四人の姫君《ひめぎみ》。

その内の一人、長姫が纏《まと》うのは、白に裏地の緑が透《す》けた柳《やなぎ》の五衣《いつつぎぬ》。一番下の単に紅《くれない》を重ね、早春を表した装束《しょうぞく》は香《かぐわ》しく、白い衣《ころも》に広がる艶《つや》やかな黒髪《くろかみ》の美しさが際立《きわだ》つ。

声を発するまでの伏《ふ》し目で坐《ざ》す姿は、清らかさを覚えるほどに清廉《せいれん》な様子だった。

そんな長姫が不躾《ぶしつけ》なまでの言葉を放ったのには、理由がある。

東宮の位に就《つ》くより以前、若君と呼ばれていた幼い時分。長姫は若君と同じ北山で暮らした幼馴染《おさななじ》みだった。突然京《とつぜんみやこ》へと発《た》つことになった若君との別れ際《ぎわ》には、文《ふみ》を交《か》わす約束さえした仲。

若君と長姫、どちらにとっても幼く淡《あわ》い、けれど確かな初恋《はつこい》だった。文を交わし、来《きた》るべき日には京へ招く。そう約束したのが四年前。

約束も果たされず、顕貞親王《あきさだしんのう》という名を得てすぐに東宮位に昇《のぼ》った若君と、京から遠い北山で暮らす長姫とでは、世間の柵《しがらみ》を知るほどに実感する身分違《ちが》い。

それでも諦《あきら》めずにいた長姫は、若君にまた会えると期待に満ち、四年ぶりの再会を実現した。運命的な結びつきさえ感じ、胸高鳴らせて今を迎《むか》えたというのに。

東宮として現れたのは、二藍《ふたあい》の袍《ほう》を纏った見知らぬ貴公子。

違う、違うと叫《さけ》ぶ心を持て余して、長姫は東宮を見つめる。不意に、東宮は瞠っていた目を伏《ふ》せると、口元に笑《え》みを浮《う》かべた。

「ふ……。そなたの問いの真意は、私が見違《みちが》えるほど成長したと感じたためであろうか？」

理知的で上品な笑みを浮かべる頰《ほお》は、白粉《おしろい》を塗《ぬ》ったように白い。色白であっても弱々しい印象はなく、袍の下には男性らしいしっかりとした体つきが窺《うかが》える。微笑《びしょう》を湛《たた》えた唇《くちびる》や通った鼻筋は間違《まちが》いなく整った顔立ちで、高貴な血筋を思わせた。

会いたかった若君に、印象だけなら似ている。似てはいるけれど、長姫は違和感《いわかん》を拭《ぬぐ》えない。

初恋の相手を見間違えるはずがない。そう確信できるほど、思い続けた相手との再会のはずだった。

「かつてと変わらず素直《すなお》で直向《ひたむ》きなそなたの心根が変わっていないようで、私も嬉《うれ》しく思う。けれど今は昔を懐《なつ》かしむ場ではないのが惜《お》しいことだ」

優《やさ》しく言葉をかける東宮の姿に、周囲からは感嘆《かんたん》の吐息《といき》が漏れる。無礼を許す懐《ふところ》の広さに対して、本来であれば長姫は感謝の念を示さねばならない。

現状を理解できない長姫は、手にした扇《おうぎ》で驚《おどろ》きの表情を覆《おお》い隠《かく》すことしかできなかった。

若君が相手なら、いくらでも謝罪し感謝もしただろう。目の前で寛大《かんだい》に振《ふ》る舞《ま》うのが、見知らぬ東宮でなければ。

「……こうして東宮妃《ひ》候補の姫君と出会えたのも、神仏のお導きであろう。皆畏《みなかしこ》まる必要などない。私の裁量において、東宮妃候補たちには直言を許そう」

長姫のように、相手の了承《りょうしょう》も得ず直接言葉を交わすのは無作法な行い。けれど、東宮が事後とは言え承認《しょうにん》したことで、長姫の無礼は許されたことになる。

かつて面識があったからこその無礼を、笑って許す東宮の姿は、その場の誰にも慈悲《じひ》深く、寛容《かんよう》な好人物として映った。

同時に、誰よりも東宮と親しい雰囲気《ふんいき》を匂《にお》わせた長姫に、視線が刺《さ》さる。他《ほか》三人の東宮妃候補に睨《にら》まれる渦中《かちゅう》の長姫は、扇の内側から東宮を凝視《ぎょうし》していた。

睨むほど強く見つめる長姫には一瞥《いちべつ》もくれず、東宮は笏《しゃく》を立てて話し始める。

「さて、まずはそなたたちが集められたことの起こりから話そう。知っているであろうが、今回東宮妃候補を募《つの》ったのは、今上《きんじょう》陛下の勅令《ちょくれい》による」

東宮の声に、知った内容とは言え誰もが敬意をもって拝聴《はいちょう》する。長姫以外は。

「本来、東宮妃はただ一人。それが、候補として四人の姫君が内裏《だいり》に入るなど異例のこと。――曰《いわ》く、失意の内に早世した前東宮妃《さきのとうぐうひ》は、非の打ちどころなき女性であったと。その魂《たましい》を引き継《つ》ぐ者を探し、今一度東宮妃としてお迎えになりたい。そのようなお考えに至った今上陛下のお心は、察して余りある」

東宮は濁《にご》したが、前東宮妃は虐《いじ》めによって心身を細らせ早世した。前東宮妃の生まれ変わりを探すのは、今も前東宮妃を想《おも》う今上の弔《とむら》いであり、行き所のない想いを持て余した我儘《わがまま》だ。

「前東宮妃の生まれ変わりの可能性があるそなたたちの内から、今代の東宮妃が選ばれる」

茫然《ぼうぜん》と東宮の声を聞き流していた長姫は、今上が挙げた前東宮妃の生まれ変わりの要件にはまった一人。

「まず今上陛下が挙げられた要件は、前東宮妃の生まれ変わりである可能性の高い日時の生まれであること。人は地獄《じごく》で今生の罪科を裁かれるまで、二年を費《つい》やすと言う。転生はその後、地獄の裁判が終わる三回忌《かいき》。前東宮妃の身罷《みまか》られた同じ日、同じ時刻に生まれた者でなければならない」

長姫を含《ふく》む東宮妃候補四人は、同じ年、同じ日、同じ時刻に生まれた女性という奇縁《きえん》でもってこの場に並ぶ。

「……罷り間違ってこの場にいるという者は、申し出てくれて構わない。もちろん、間違いだったとて責めることはない。こちらの確認不足故《ゆえ》の過《あやま》ちであろう」

そう促《うなが》す東宮の目が、長姫に留まる。ただ細められているだけの切れ長の瞳《ひとみ》は、笑っていなかった。

そんな目をする者が、あの優しかった若君であるはずがないと、長姫の胸中は荒立《あらだ》つ。

「そのような心配はご無用でございましょう。陰陽寮《おんみようりよう》が総出で、方々《かたがた》の生まれの星を占《うらな》ったと聞いております」

そう東宮に直言したのは、目を奪《うば》われるほどの真っ白な肌《はだ》に、気の強そうな笑みを衵扇《あこめおうぎ》で隠した姫君。春の装いである藤《ふじ》の襲《かさね》を纏う姿は、高貴な姫らしい美貌《びぼう》と近寄りがたさがある。

藤大納言《とうのだいなごん》と呼ばれる藤原《ふじわら》家の姫君だった。

生まれを細かに記すのは、占術《せんじゆつ》に生活の基礎《きそ》を置いた京貴族しかいない。東宮妃候補四人の内、二人は地方出身。長姫も京生まれだが育ちは北山。

自信に満ちた藤大納言の言葉は、占い調べなければ生まれも確かにはわからない田舎者《いなか》、という見下しにも聞こえた。

「良くご存じだ、大納言の姫君。陰陽寮の働きで、東宮妃候補は皆《みな》、同じ星の下《もと》に生まれたと判明している」

許可したとおり直言を意に介《かい》さず、東宮は全員に優劣《ゆうれつ》はないと言いたげに頷《うなず》く。

藤大納言が東宮と微笑《ほほえ》み合う姿に触発《しょくはつ》されたのか、濃紅《こきくれない》と紅梅《こうばい》が華やかな梅重《うめがさね》を纏った東宮妃候補が含み笑いを漏らして注目を引いた。

出身地である摂津《せっつ》と呼ばれる姫君は、笑みを絶やさない小さな唇が、愛嬌《あいきょう》のある顔立ちを際立たせる。愛想《あいそ》のいい動作と共に、隠さぬ秋波を東宮へと送っていた。

「ふふふ。要件は他《ほか》にも、前東宮妃が得意とした楽器を扱《あつか》えることでございましたね。国許《くにもと》に多くの公達《きんだち》がお見えになり、私の箏《そう》をお聞きになると、過分な賞賛をくださいました。東宮さまにお聞きいただける日を夢見て、より研鑽《けんさん》に励《はげ》んでまいりましたわ」

己《おのれ》を売り込む露骨《ろこつ》な態度にも、東宮は嫌《いや》な顔一つせず頷きで応じる。

「今一度、話を戻《もど》そう。他にも東宮妃候補となる要件には、和歌や漢詩に深い造詣《ぞうけい》があること。書画の才があること。前東宮妃と同じ位置に黒子《ほくろ》があることや臍《へそ》の緒《お》の色が同じこと。人相観が下した貴人に愛されるが死に関した災《わざわ》いを負うという予言など――」

ただ同じ日同じ時刻に生まれただけでは、決して前東宮妃の生まれ変わりとは認定されない要件。今上は東宮妃を迎えたくないのではないかとさえ言われた。

「生まれた日時以外で、これらの要件が五つ以上当てはまる者が、今ここにいるそなたたちだ」

歓迎《かんげい》するように笑みを深める東宮《とうぐう》に、東宮妃候補たちは敵愾心《てきがいしん》のちらつく視線を交わし合う。

「東宮妃候補の選出は前例のない試み。前東宮妃の生まれ変わりの選定には、時間を要する。そのため東宮妃候補たちにはこの内裏での居住が、特例として許されることとなっている」

該当《がいとう》者がいないのではないかと危《あや》ぶまれたほどの条件に、まさか四人も該当する者がいるとは、東宮妃候補自身でさえ思いもよらない事態。

長姫《おさひめ》も、無茶《むちゃ》な条件に合致《がっち》したと知った時、それは運命なのだと思った。

母を亡《な》くし、生まれ育った京を離《はな》れ、北山で泣き暮らした。そんな中、声をかけ励まし、共に親元から離された寂《さみ》しさを分かち合った幼馴染み。

そんな若君が長姫の初恋となることは、必然でもあった。突然の別れから四年、東宮妃候補という前代未聞《ぜんだいみもん》の選出がなされること自体、長姫の埒外《らちがい》。

だからこそ若君との別れ際、将来を約束したかつての思いを捨てずにいた己に、神仏が救いの手を差し伸《の》べてくれたのだと思えた。

「それなのに………っ」

何故《なぜ》若君がいないのか。祖扇の内で一人吐《は》き出す長姫に気づく者はいない。

話を続ける東宮は、高貴な生まれにしては親しみを感じるほどに優しく、相対する者を惹《ひ》きつける。

樺桜《かばざくら》の襲を纏《まと》った、親の役職から城介《じょうすけ》と呼ばれる東宮妃候補などは、深い色味の蘇芳《すおう》が似合う凜《りん》とした武家の佳人《かじん》であるが、頬《ほお》を染めてひと言も発せないほど東宮に見入っていた。

確かに謙虚《けんきょ》でいながら人に許しを与《あた》える情け深いその姿は、長姫が知る若君によく似ている。似てはいるが、あくまで似ているだけの別人なのだ。

「内裏での暮らしに伴《ともな》い、注意事項《じこう》を伝えよう。この内裏が火災に見舞《みま》われたことは聞き知っていると思う」

長姫が無意識に睨んでいても、東宮は気づかないふりで話を続ける。

東宮のその姿は、まるで己の務めのみに邁進《まいしん》するようでもあった。

「本来内裏は紫宸殿《ししんでん》の北に、七殿《でん》五舎が建てられている。しかれども、焼失《しょうしつ》して久しく、現状復興しているのはこの東の一角と清涼殿《せいりょうでん》のみ」

今東宮妃候補が集められているのは、北東に位置する宣耀殿《せんようでん》だ。焚《た》かれた香《こう》の中に、新築の木材の匂いが漂《ただよ》う。

室内には障子に金襴《きんらん》の大和絵《やまとえ》。畳《たたみ》の縁《へり》さえ煌《きら》めき、几帳《きちょう》の骨組みは艶《つや》やかな漆塗《うるしぬ》り。贅《ぜい》と格式ある調度に劣《おと》らず、母屋《おもや》を囲う御簾《みす》の向こうにも気品を保つ侍女《じじょ》たちが控《ひか》える。

「これより西には工人《こうじん》が立ち働いている。濫《みだ》りに近づかぬよう厳命してあるとは言え、不測の事態があるやも知れぬ。各々《おのおの》も濫りに西へと近づかぬようお願いしたい」

一度廂《ひさし》の外へと出れば、西には目隠《めかく》しの幕が張られ、その向こうからは槌《つち》を振《ふ》るう音が間断なく響《ひび》いていた。

「また、知ってのとおり火災によって多くの死者が出た。一概《いちがい》にそのためとは言えないが、妖《あやかし》の類《たぐい》を見て障《さわ》りにあった者もいる。どうか、深更怪《しんこうあや》しい気配があったとしても、軽々しくご覧にならないよう。異変があれば、日の出を待って報《しら》せて欲しい。必ず私が対処しよう」

妖という言葉に、摂津は大きく肩《かた》を震《ふる》わせた。東宮は東宮妃《ひ》候補を案じるように優《やさ》しく語りかける。

内裏は今、再建途中《とちゅう》だ。焼失によって今上が住まわなくなり放置され、今上が居ないために貴族も寄りつかなくなっていた。陰惨《いんさん》な火災現場のまま放《ほう》っておかれたが、立太子に伴い東宮の住まいとするため、東を中心に再建が行われている。

現在、内裏に住まうのは東宮と今日揃《そろ》った四人の東宮妃候補。その他の随従《ずいじゅう》者のみ。

「東宮さまのお言葉、しかと胸に刻みましてございます。――もし、人手がご入り用でしたら、我が家へいつでもお声かけくださいますよう」

藤大納言が、己の家こそ頼《たよ》りにと抜《ぬ》け目なく勧《すす》めると、摂津も遅《おく》れず口を差し挟《はさ》んだ。

「わ、我が家は良い木材を産する山を持っております。東宮さまのご命令とあれば、いつでもご用立てくださいな」

「む、それなら私は国許から屈強《くっきょう》な働き手をお呼びしましょう」

ようやく喋《しゃべ》った城介は、国許から兵を呼ぶとも取れる、不穏《ふおん》で強烈《きょうれつ》な提案を行った。

「それほどに私を案じてくれることを、嬉《うれ》しく思う。けれど、まずはここでの暮らしに慣れるよう、努めてくれれば良い」

気遣《きづか》いの言葉で三者の提案を辞退する東宮は、後方に控えた従者に目配せをした。

東宮として申し分ない対応を見せられていた長姫は、ふと、東宮の従者に既視感《きしかん》を覚える。

瞬《また》けば、眼裏《まなうら》にもっと質素な服装で、若君の後ろに控えていた姿が蘇《よみがえ》った。

どうして若君でない者に、若君の従者がつき従っているのか。長姫が目を疑う間に、東宮は内裏《だいり》で行われる宴《うたげ》の説明を始める。

「来たる子《ね》の日、今上《きんじよう》陛下が内裏へお戻りになり、宴が開かれる」

話を聞いていた東宮妃候補は、揃って息を呑《の》んだ。

「そこで東宮妃候補の姫君たちには、前東宮妃が得意としていた四つの楽器を演奏していただく。曲目は後日。必要な道具があるなら用意させよう」

「まぁ…………っ」

今上の宴に招かれるという身に余る光栄に、藤大納言でさえ頬を上気させていた。

東宮妃候補が喜ぶ姿を微笑《ほほえ》ましそうに見る東宮は、さらに言葉を続ける。

「東宮妃となる者を選ぶにあたって、私の意向よりも今上陛下のお心に重きが置かれることを覚えておいてほしい。皆、慣れない環境《かんきよう》では辛《つら》いこともあろう。私で助けとなれることがあるのなら、善処する。心置きなく相談してほしい」

慈《いつく》しみの宿った言葉に、東宮妃候補は熱っぽい吐息《といき》を漏《も》らす。

選ぶのは今上であると言われては、長姫には白々しい建前にしか聞こえなかった。

「それでは今より、半刻の後、案内に従い与えられた居室へと移動していただこう。それまでの間は、神仏の導きで出会った者同士、どうか交友を深めていただきたい」

言うや、従者は御簾を押し上げ東宮の退出を手伝う。

名残惜《なごりお》しい胸中を物語る東宮妃候補の視線に見送られ、東宮は南の麗景殿《れいけいでん》へと去って行った。

御簾の向こうに遠ざかる東宮の背中を睨《にら》む長姫とは対照的に、他の姫君は夢見るように呟《つぶや》く。

「ほぉ……。なんて聡明《そうめい》なお方でございましょう」

「はぁ……。あの方こそ次代を統《す》べる器《うつわ》ですのね」

「あぁ……。あんな麗《うるわ》しいお方、見たことがない」

「えぇ？　そう……？」

思わず漏れた長姫の呟きに、東宮妃候補三人は非難の目を向けた。

「なんと弁《わきま》えのない言いよう。東宮さまがお許しになったとて、その無礼を恥《は》じ、詫《わ》びねばならぬご自身の立場を理解なさいまし、夏花君《なつはなのきみ》」

藤大納言《とうのだいなごん》は叱《しか》りつけるように非難する。夏花とは、長姫の出自である橘家《たちばなけ》を譬《たと》えた呼びかけだ。

「ご自分だけが特別だとお思いにならないことね。東宮さまの公平なお優しさは、私たち皆《みな》へと平等に注がれているのですから」

摂津は小馬鹿《こばか》にするような笑《え》みを浮《う》かべて諭《さと》すよう。

「えぇと、同じく呼ばせていただこう……。夏花君、東宮さまのお優しさに甘えるのは、どうかと思う」

言葉少なに、城介も窘《たしな》めてきた。

常識的に考えれば、東宮が若君でないと初対面の三人にはわからない。だからと言って、今日会った人物を東宮と認めるには、不明なことが多すぎた。何より、気持ちがついていかない。

長姫こと夏花は、御簾の向こうに控える侍女からも非難の視線を感じ、居住まいを正す。思いのまま口を開いた結果が、東宮の評価を高め、己《おのれ》が責められる状況《じょうきょう》だ。二度失敗したことを考えれば、三度目をしくじるわけにはいかない。

夏花は己の侍女から注がれる不安の視線も感じつつ、この場を収める言い訳を考えた。

「……お優しい東宮さまなら、あの程度の戯《たわむ》れ許してくださいましょう。何より、皆さまも直言を許されたのですから、何も損はあらぬこと。もっと良いようにお考えになっては？」

衵扇《あこめおうぎ》で口元を隠《かく》し、微笑むように目を細める。

場を取り繕《つくろ》う夏花の強気な言葉選びに、東宮妃候補の姫君は三者三様の反応を返した。

「つまり、あのようなお言葉を賜《たまわ》るとわかっていらした、と？　ご幼少を共にすごしたとは言え、無礼は無礼。分を弁えなさいまし」

不快そうな藤大納言だが、それ以上の叱責《しっせき》はないらしい。

「まぁ、呆《あき》れた。東宮さまのお心遣《こころづか》いをまるで己の手柄《てがら》のように。……あんな無礼が全《すべ》て手の内とは、見かけによらず豪胆《ごうたん》な方」

言いながら、摂津の目は油断ならないと言わんばかりに細められる。

「え、夏花君は東宮さまと既知《きち》の仲……？」

城介は、藤大納言の発言に耳を疑っていた。

これ以上の言い訳も思い浮かばず、夏花は肯定《こうてい》も否定もせず笑みを深めてみせる。それぞれに納得《なっとく》する答えを導き出したのか、不服気ながら夏花を責める空気は和《やわ》らいだ。

どうやら東宮妃候補からしても、東宮の直言の許可は魅力《みりょく》的らしい。

「何が良くて……」

あんな得体の知れない人物を、東宮と仰《あお》がなければならないのか。

思わず漏らしそうになった夏花は、寸前で止める。

言ってわかるのは東宮本人だけだ。どうして若君がいないのか。それを問い質《ただ》す必要がある。

「……東宮さまは親交を深めよとの仰《おお》せ。まずは互《たが》いを知り合いませんこと？」

東宮は別人だけれど、それを知らない東宮妃候補たちに罪はない。三人の諫言《かんげん》は当たり前のこと。

言い出したからにはと口を開こうとした夏花より早く、藤大納言が声を発した。

「摂津の国からいらしたとお聞きしております。京ではあまり聞かないお国。なんぞ珍《めずら》しいお話をお聞かせいただけましょうか、摂津の方？」

言外に田舎者《いなか》と言われた摂津は、笑みを浮かべた頰《ほお》を攣《つ》らせる。

「嫌《いや》や……こほん。藤大納言さま、こんなお言葉はご存じ？『井戸《いど》の中の蛙《かえる》に、海の話をしても通じはしない。それは狭《せま》い井戸の世界に囚《とら》われているからだ』と」

摂津が口にしたのは、己の住処《すみか》を世界の全てと見なす見識の狭さを揶揄《やゆ》する故事。

どうせ話してもわからないだろうと、摂津は負けずに藤大納言へと言い返した。

途端《とたん》に静かな争いの火花が散り、夏花は口を挟めるような状況でなくなる。

「ほほ、候補が四人もいらせられるなど、とんだ奇縁《きえん》。ですが、大納言の姫君が東宮妃《ひ》となられるのはすでに決まったこと。今上陛下の女御《にょうご》さまと同じお家なのですから」

御簾《みす》の向こうで、控《ひか》えた侍女《じじょ》がそんなことを言い出す。それだけ藤原家の権勢が強く、この場に集《つど》った四人から選ぶとなれば、後見も確かな藤大納言に決まるのは自明の理だろう。

「何を愚昧《ぐまい》なことを仰《おっしゃ》るのかしら。お決めになるのは今上陛下。前東宮妃さまの生まれ変わりであると認められた方のみ。今生の生まれなど関係あらぬこと」

強気に応じる侍女に触発《しょくはつ》されたのか、別の侍女も根本的な思い違《ちが》いを指摘《してき》する。

「東宮妃となられるお方は一人だけ。そして今上陛下がお示しになった東宮妃の要件は、前東宮妃さまの生まれ変わりであると証明することだけでしょう」

お家の権力に胡坐《あぐら》をかく藤原の侍女の不遜《ふそん》さに、他《ほか》の侍女たちも苛立《いらだ》ちを覚えたようだ。

「子の日の宴こそ、今上陛下が前東宮妃さまをお探しになる機会と考えるべきではございませんか？　雀《すずめ》の千声より鶴《つる》のひと声が勝《まさ》るというもの」

今上が生まれ変わりであると認めれば、四人の内誰《だれ》であろうと東宮妃になれるのだ。そう指摘した声が己の侍女であると気づいた夏花は、視線を泳がせる。

夏花が侍女同士の小競《こぜ》り合いを聞く間に、藤大納言と摂津の睨み合いに動きがあった。

どうやら藤大納言が京貴族らしく、和歌を詠《うた》いかけて競《きそ》い合いを挑《いど》んだらしい。貴族は声を荒《あら》げて喧嘩《けんか》などしない。

どちらがより教養深く知恵《ちえ》があるかを競うことで、勝敗を決める。

春の花の盛りを天皇家の治世の長さに譬えた藤大納言に、摂津は口を開こうとするが言葉が出ない。

当意即妙《とういそくみよう》を是《ぜ》とする和歌で、摂津の無言は敗北を意味していた。

悔《くや》しげに唇《くちびる》を噛《か》む摂津を横目に、この程度と言わんばかりに藤大納言は吐息する。

返歌に困った経験は夏花にもある。今ならどう答えるだろう。そんな考えが、思わず口から洩《も》れた。

「……不如帰《ほととぎす》――」

重い沈黙《ちんもく》の中で、その声は誰の耳にも届く。夏花は集まった視線に息を詰《つ》めた。

「あら、まぁ。摂津の方は口が貝におなりのようですもの。どうぞ、お続けなさいまし」

余裕綽々《よゆうしやくしやく》の藤大納言に促《うなが》され、仕方なく夏花は脳裏《のうり》に浮かんだ返歌を口にする。詠うのは、不如帰を季語にした昔を懐《なつ》かしむ和歌。在りし日の夏を懐かしみ、今一度その季節が巡《めぐ》ることを願った。

かつて初めてもらった恋文《こいぶみ》に詠われた歌への返歌を、夏花は考えてしまったのだ。藤大納言への返歌としては不相応な歌。

「不如帰は確か……、夏の季語」

春を詠った藤大納言への返歌であるなら、同じ季語を使うべき、と城介も遅《おそ》まきながら気づく様子。

けれど不如帰と言った時点で夏花が口にしたのは、夏の和歌。そうとわかっていて促されたのだからと、夏花は肯定の意味を込めて、周囲へと苦笑《くしよう》を向けた。

疑問を露《あら》わにした城介はともかく、呆気《あつけ》に取られた様子の摂津はどういうことだろう。藤大納言に至っては、悔しげに相扇を握《にぎ》る手を震《ふる》わせている。

何故《なぜ》そんな反応を返されるのかわからない夏花は、内心を押し込め口は開かない。内裏《だいり》に入るにあたり、養父である北山の僧都《そうず》に教えられたのだ。意味深に笑っているほうが、無駄《むだ》に喋《しやべ》るより良い結果を招くと。

「…………そう、ご自身で仰る気はありませんのね。でしたらわたくしが、和歌の不得手な方々に解説してさしあげましょう」

解説とはありがたいと口にもできず、夏花は了承《りょうしょう》の意を込めて藤大納言へと微笑《ほほえ》みかけた。

何故かそれだけの仕草も、藤大納言には気に障《さわ》ったらしくむっとされる。

「本当に豪胆なお方。わたくしの家が春の花である、と言えば夏花君の歌の意味がおわかりになりましょう」

藤大納言は藤原の姫《ひめ》。藤《ふじ》は春の花であり、夏花と呼びかけられたように橘《たちばな》は夏の花。

夏花は藤大納言の和歌が、藤原の権勢を花の盛りに譬えて詠った真意に、遅まきながら気づいた。つまり、天皇家の繁栄《はんえい》は、藤原家の助力があってこそ、と。

豪胆なのはどちらか。夏花が呆れる内に、藤大納言はまだわからない顔をしている東宮妃候補に説明を続けた。

「おわかりになりませんの？　不如帰は橘に好んで宿る鳥。夏花君は、ご自身のお家がかつての栄光を取り戻《もど》す時を望むとお詠いになりましたの。……つまり、藤原の権勢を覆《くつがえ》されるとの自信の表れ」

思わぬ解釈《かいしゃく》に、夏花は気力で笑みを維持《いじ》し、狼狽《うろた》える心中を隠し言い訳を発する。

「……っ。深読みにございます、藤大納言《とうのだいなごん》さま………」

本当に深読みでしかないのだが、藤大納言はもちろん、他二人の東宮妃候補も、まるで夏花が肯定したかのような態度で受け止める。

橘家はかつて確かに今の藤原家のような権勢を手にした時期がある。夏花の実父なら返り咲《ざ》きを望むだろうが、夏花自身にそんな野望はない。

どうこの場を収めるべきか、夏花は答えが見つからなかった。

「失礼申し上げます」

不意に、困ったような声が御簾の外からかけられた。

「ご歓談《かんだん》中とは、思われますが……案内の準備が整いましてございます。どうぞ、お呼びいたします姫君《ひめぎみ》から、ご退出を」

緊張漲《きんちょうみなぎ》る東宮妃候補四人の空気は一気に弛緩《しかん》する。

最初に呼ばれた藤大納言は、立ち上がる間際《まぎわ》、夏花へと口早に囁《ささや》きかける。

「同じ北山にいた程度で、先を越《こ》したおつもりにならないでくださいまし」

悔しげな響《ひび》きを帯びた声に夏花が首を巡らせた時には、もう藤大納言は侍女を引き連れ御簾の向こうへ消える途中《とちゅう》。

二番目に案内が用意された摂津は夏花へ向けて冷笑《れいしょう》した。

「大胆《だいたん》と言うか、自信過剰《かじょう》と言うか。そう、あなたには山暮らしがとてもお似合いなのね」

負け惜《お》しみとは言え、貴族的な繊細《せんさい》さがないと育ちを皮肉られたことに、不快感が過《よぎ》る。

三番目に腰《こし》を上げた城介は、何か言いたそうに一瞥《いちべつ》しただけで去っていった。

人の気配に満ちていた室内も静まり返り、残されたのは夏花と侍女の沢辺《さわべ》だけ。

案内がすぐには来ないと見た夏花は、膝行《しっこう》して御簾の向こうに控える沢辺へと近づいた。

「姫さま……っ」

心配、不安、お小言。乳母子《めのとご》として共に育った沢辺の表情からは、その胸中が察せられる。

同時に、沢辺も夏花の表情から何かを察したらしく、息を詰めた。

「沢辺、若君は何処《どこ》だろう？」

「姫さま……っ。お言葉《ことば》遣《づか》いに気をお配りに………」

慌《あわ》てて周囲を警戒《けいかい》する沢辺だが、侍《はべ》る者は誰もいない。

夏花は訪《おとず》れる者もほとんどいない北山の庵《いおり》で育ったため、僧都に礼儀《れいぎ》作法は躾《しつ》けられているものの、普段《ふだん》は幼少からの童子のような言葉遣いをしていた。

一つ息を吐《つ》いた沢辺は、夏花を見つめ直して窘《たしな》めるような声音《こわね》を向けた。

「何を仰っているのですか、姫さま？　久方ぶりの再会で我を忘れるお気持ちは察して余りありますが、あれはあまりにも無礼なお振《ふ》る舞《ま》いです。普段からお言葉遣いにはお気をつけあそばせと言い続けた私の――」

「違う……っ。うん、違うの」

耐《た》え切れず吐き出すような夏花の呟《つぶや》きは小さくとも、そこに込められた強い否定の思いが沢辺のお説教を止めた。

何処までも真剣《しんけん》な眼差《まなざ》しに、沢辺は狼狽えた。

「若君は山を下りて立太子なさったと聞いたではありませんか。それに、殿方《とのがた》は成長と共に体も声も変わられるのが当たり前だと」

「違う、違うんだって。別人なんだよ。従者の方には見覚えがある。東宮《とうぐう》の側《そば》に控《ひか》えていたのも、北山で若君の学友だった少年だ。けどあの東宮は、若君とは別人にしか私には見えない」

幼少を共にすごした若君の顔を、今さら見間違《みまちが》えたとは思いたくない。

「まさか、まさかですよ、姫さま。それじゃまるで、若君が誰かに成り代わられているとでもいうような……。ありえません、そのような不敬、いえ不敬どころの話ではすみませんよ！」

思わず声を荒げた沢辺は、己《おのれ》の口を両手で塞《ふさ》ぐ。

東宮を前に夏花が抱《いだ》いていた懊悩《おうのう》に惑《まど》う沢辺の目は、頼《たよ》りなく揺《ゆ》れていた。

夏花は誰より信頼《しんらい》できる乳母子だからこそ、御簾《みす》越しの沢辺にさらに擦《す》り寄り、その袖《そで》を縋《すが》るように摑《つか》んだ。

「ねぇ、沢辺。本当にお前にはあの東宮が若君に見えた？」

「い、いえ。私は御簾越しで距離《きょり》もありましたし、はっきりとお顔を確かめたわけでは……。けれど、お話しぶりから若君と大きく差があるようには、感じませんでした」

「だったら、ちょっと東宮を覗《のぞ》きに行ってさ――」

「な、なんてこと仰るんですか、恐《おそ》れ多い。だいたい、姫さまと違って私は若君との遊びは見ているだけだったのですから、別人のように成長なされているのでしたらわかりませんよ」

今すぐ行けと言わんばかりの夏花に、沢辺は慌てる。

「わからなかっただけなのかな？　私の……思い違いだったのかな？」

顔を合わせた時にあった確信が、離《はな》れてみると一時の気の迷いのようにも感じられる。誰《だれ》と思わず問いを投げた後、笑った東宮の様子は、何処か嬉《うれ》しげでもあった。本当に、別人のように成長した若君が、好意的に受け取ってくれたからこその笑《え》みだったのだろうか。

「でも……、有耶無耶《うやむや》にしていいことじゃないと思う。だって、やっぱり偽者《にせもの》だとしたら、若君は何処にいるの？」

今上《きんじょう》の長子でありながら、出家を予定して北山の山門に入った不遇《ふぐう》の若君。

出家とは、俗世《ぞくせ》との関《かか》わりを断《た》つこと。現世での権威《けんい》を捨てること。本来なら東宮となる正当な権利を持って生まれたはずの若君が、大人の都合で幼い内から親元を離された。

互《たが》いに同じ悲しみを負うからこそ通じ合った夏花の心が、今も若君を求めている。

夏花もかつて、親に捨てられるように北山で育つことになったのだから。

「と、ともかく、姫さま。このことは内密に。東宮さまがもし偽者であったとしても、あのように場を取り繕《つくろ》われたのなら、少なくとも――」

外から近づく衣擦《きぬず》れの音に、沢辺は言葉を途切《とぎ》れさせる。

「……そう、だね。あの場で取り繕ったなら、自分から正体を見せるようなことはしない。私が静かにしてれば、あの東宮は何もしてこないかもしれない」

何度も頷《うなず》く沢辺に、夏花は苦笑を零《こぼ》した。

「でも、何もしないなんて、できる気がしないよ」

「姫さま……」

「私は、若君に会うためにここに来たんだ」

夏花は近づく案内の気配を察して、沢辺を一度だけ振り返り、姫君と呼ばれるに相応《ふさわ》しい微笑みを浮《う》かべてみせた。

「果たさねば、耐え忍《しの》んだ全《すべ》ても無駄になりましょう？」

口調を取り繕い、元の場所に戻って衵扇《あこめおうぎ》を広げると、現れた案内が声をかけてきた。

「最後になりましたが、ご容赦《ようしゃ》を。ご案内させていただきます」

二章　北舎

「どうして我が姫《ひめ》が最後なのですか……っ？」

案内に従い夏花が立つと、御簾《みす》の向こうで合流した乳母子の沢辺が目を吊《つ》り上げて案内に文句を言う。

最後まで残された夏花は、言外に一番扱《あつか》いが下であると明言されているようなものだ。夏花一の侍女《じじょ》として沢辺は黙《だま》っていられない。

「藤原一門に負けるとは言え、橘の姫君であらせられる姫さまが……っ」

「東宮妃《ひ》候補さま方の家名は我々には知らされておりませぬ故《ゆえ》」

家格を持ち出して沢辺が抗議《こうぎ》するも、公然の秘密たる家名は知らぬ存ぜぬで撥《は》ねつけられる。

そうして用意された住まいに案内すると、これ以上の文句は受けつけないとばかりに、案内は足早に去って行った。

「こ、こ、こんなことってありますか！」

「沢辺どうしたの？　入らないの？」

まだ新築の建材が薫《かお》る妻戸を前に、夏花は沢辺を振り返る。

「姫さま、何を呑気《のんき》な！　ご覧ください、ここは淑景舎《しげいしゃ》の北、本来なら侍女などの控える場所で、中でも一番小さく東宮さまのお住まいから遠い場所です！」

言われてみれば、向かい側にある淑景舎こと桐壺《きりつぼ》より一段小さな建物、淑景北舎《しげいほくしゃ》と呼ばれる付随《ふずい》の棟《むね》だ。内裏《だいり》の中央を形成する七殿《でん》に渡《わた》るにも、桐壺を通らなければ行けない端《はし》の場所。

「そう言えば、案内されてる時に桐壺の前を通ったら、摂津君たちがくすくすしてたね」

「笑われておいて、どうしてそんな……っ」

「だって、今はそんなことどうでもいいもん」

いきなり立つ沢辺より先に北舎に入れば、すでに送られていた調度品は整えられている。造りは五間二面。母屋《おもや》を中心に廂《ひさし》は東西に一つずつしかなく、南北は母屋からすぐ高欄《こうらん》のある廊下《ろうか》だ。

内裏全体が造りかけの今、本来あるはずの立蔀《たてじとみ》や切掛《きりかけ》といった目隠《めかく》しの壁《かべ》も半端《はんぱ》な仮設。七殿五舎は本来壁で隔《へだ》てられているのだが、北舎から西の宣耀殿を見ることができた。

とは言え、夏花の育った北山の庵に比べれば広いもので、沢辺と二人で暮らすにはなんら異存はない。

母屋に入り脇息《きょうそく》の横に夏花が坐《すわ》ると、滑《すべ》るように沢辺は斜向《はすむ》かいに。据《す》わった目で見つめられれば、生まれてから家族のようにすごした沢辺が、お説教せんとしていることは嫌《いや》でもわかった。

「橘家など、かつて右大臣を務めた家格以外に誇《ほこ》れるものはないと言うのに。京貴族が地方官《かん》吏《り》の娘《むすめ》たちよりも蔑《ないがし》ろにされるなど笑い者もいいところです。橘家が笑われるならまだしも、内裏の中では橘の姫として姫さまが笑われるのですよ」

悔《くや》しいと言わんばかりに言い募《つの》る沢辺。夏花は宥《なだ》めるための言葉を探した。

「でも、沢辺のみを連れた私が、無闇《むやみ》に広い局《つぼね》を与《あた》えられてもみすぼらしいだけじゃない？それこそ、中流貴族に落ちぶれた橘家の現状を露呈《ろてい》させるだけで。それに実際問題、今も大臣や大納言《だいなごん》を輩出《はいしゅつ》する藤原家と争うほどの力はないし」

橘家は、夏花に十分な数の侍女をつけると言ったが、断固拒否したのは夏花であり沢辺だった。

「確かに、橘の侍女など、何をしでかすかわかりません。橘家は息のかかった侍女を内裏に入れたかったようですが、同じ場所で暮らす相手が、嫌《いや》みと嫌がらせしかしてこないなど、想像するだに疲《つか》れます。無能と仕事をするより、私一人で全てを担《にな》ったほうがましというものです」

北舎への不満を飲み込んだ沢辺と目を見交《みか》わし、夏花は自然と口から嘆息《たんそく》が漏《も》れた。

愛人の子を嫌《きら》う橘の正室の息に染まった侍女は、橘の屋敷《やしき》に仮住まいした二ヵ月の間に、ずいぶん好き勝手してくれたのだ。

「今さら、橘のために私が努力するなんて思うほうがおかしいんだよ」

愛人であった母の死後、飢《う》えて死ねと言わんばかりに一年放置された日々を忘れはしない。

「八年も音沙汰《おとさた》なく、親子の情なんて育《はぐく》む余地はなかったんだ。私は私のために、私を養育してくれた僧都《そうず》のために、ここにいる」

後見もない七歳の娘が親もなく暮らしていけるわけがない。事態を知った遠縁《とおえん》の僧都に引き取られるまで、援助《えんじょ》もしなかった父の非情は身に染《し》みている。

「全くです。姫さまが前東宮妃《さきのとうぐうひ》さまの生まれ変わりに合致《がっち》するとわかった途端《とたん》、今さら何が引き取るですか………っ」

母が健在の頃《ころ》から共に暮らす沢辺もまた、食うにも困る苦渋《くじゅう》を経験した。

雇《やと》ってはおられず使用人は一人、また一人と去り、最後まで残ってくれたのが沢辺の母である乳母《めのと》だった。乳母子である沢辺は、夏花を主《あるじ》と定めるからこそ橘家への怒《いか》りもひとしおだ。

互いに積もる恨《うら》みを口にする内に、鬱屈《うっくつ》した思いが口から溢《あふ》れる。

「関わらなければそれで良かったのに……っ。政争の道具として利用しようとする上に、養育してくれた僧都を誘拐《ゆうかい》で訴《うった》えるなんて恥知《はじし》らずな言いがかりさえつけられて、怨《うら》まないほうがおかしいくらいだよ」

僧都をも怒《おこ》らせ手元に引き戻《もど》した娘を、迎《むか》え入れた途端いびりだすのだから、橘家の思惑《おもわく》など考えるだけ無駄《むだ》だ。

「橘家がどうとか、私には本当にどうでもいい。今は、あの東宮の正体が知りたい」

「はぁ……。その件に関しては、その………」

沢辺は気まずげに言葉を濁《にご》すが、揺《ゆ》るがない夏花の表情に嘆息する。

「よろしいですか、姫さま。万一、それこそありえないほど不敬な考えなれど、本当に東宮さまが本来その位に立つべき若君と入れ替《か》わった別人であるなら、それは由々《ゆゆ》しき事態です。何者にも聞かれてはならないほどに重大な——っ」

「えぇ？　姫さまの晴れの日になんでそんな物騒《ぶっそう》なことになってんだ？」

突然《とつぜん》上がった第三者の声に、夏花と沢辺は同時に身を硬《かた》くする。

声を探《さぐ》れば、いつからいたのか半蔀《はじとみ》の側《そば》に三十代半ばほどの男が立っていた。

草臥《くたび》れた直垂《ひたたれ》姿は庶民《しょみん》と変わらないが、その腰《こし》にはひと振《ふ》りの刀を佩《は》いている。

「か……、門原《かどわら》どの。驚《おどろ》かせないでほしいな」

夏花が肩《かた》の力を抜《ぬ》くと、母の代から仕えてくれている武士の門原与志為《よしなり》は口の端を上げてみせた。

「姫さま、言葉が崩《くず》れてるぜ。そんなんじゃ、沢辺のお説教食《く》らうぞ」

「言葉遣《ことばづか》いはあなたもです、門原どの！　いえ……、それよりどうしてここにいらっしゃるんですか？　ここは内裏ですよ！」

沢辺の尤《もっと》もな指摘《してき》に、夏花もここが殿上人《てんじょうびと》でも憚《はばか》られる後宮の一画であることを思い出す。

橘家ではなく夏花個人に仕える門原に、内裏どころかその外の大内裏にさえ入る権能などない。内裏は天皇の私的な空間であり、本来厳重な警備の下《もと》に置かれる場所のはずだ。

「ん、そりゃ、そこの二重の壁をはるばる越《こ》えてだな――」

沢辺の叱責《しっせき》に首を竦《すく》め、門原は軽い口調で答える。

「いやぁ、ここの警備笊《ざる》もいいとこですよ、姫さま。しかも、この北東の一角は極端《きょくたん》に見回りも少なくて。まさかここまで簡単に入り込めるなんてねぇ」

緊張感《きんちょうかん》なく笑う門原に、沢辺も追及《ついきゅう》する気勢を削《そ》がれたようだ。言うほど簡単ではないとはわかっているが、有能と言うには門原の態度が腑《ふ》抜けている。

夏花はたった二人しかいない家臣が思いがけず揃《そろ》った状況《じょうきょう》に、身を乗り出した。

「門原どの……、どうか知恵《ちえ》を貸してほしい。どうやら、東宮が若君ではないんだ」

夏花は今日顔を合わせた東宮との一件を仔細《しさい》に説明する。

門原は器用に片眉《まゆ》を上げただけで口は挟《はさ》まない。夏花がどうしても違《ちが》うと感じてしまう心の内を言葉にするさまに、ただ耳を傾《かたむ》けていた。

「聞く限り、姫さまは別人だと確信してらっしゃる。けど、俺なんかは若君とも頻繁《ひんぱん》に顔合わせてたわけじゃねぇですし。沢辺も東宮さまを御簾《みす》越《ご》しでしか見ちゃいねぇ。まだことを荒立《あらだ》てるには、不確実なことが多すぎますなぁ」

聞き終わった門原は、普段《ふだん》見せない真剣《しんけん》な表情で呟《つぶや》く。一つ息を吐《つ》くと、途端にいつもの軽さで笑った。

「……ってか、そこまでの条件つけられて、候補四人も見つかったあたり、すごいな貴族共の執念《しゅうねん》。──ちなみに姫《ひめ》さま、若君周辺は昔から姫さまが橘の血を継《つ》ぐのはご存じだったんで？」

「知らないと思う。僧都に引き取られてからは母方の良岑《よしみね》を名乗っていたから」

「ってなると、やっぱり姫さまとの再会は予想外。……東宮以外は若君の周辺が変わってないってのが、気になるな」

門原の呟きに、沢辺は頷《うなず》く。

「そうですよね。学友方なんて若君と出家なさる予定でしたし、出家がなくなってしかも東宮さまの側近に取り立てられるのなら、若君を別人にすり替える必要なんてありませんもの」

夏花は、突拍子《とっぴょうし》もない主張を真剣に受け止めて考えてくれる門原と沢辺の姿に、心が落ち着いていくのを感じた。

そうして乱れた心の内を見つめ直すと、ただ一つ揺らがない思いがある。

「……沢辺、門原どの。私は、若君に会いたい」

胸の内を素直《すなお》に口にすれば、わかっていると言わんばかりに微笑《ほほえ》んでくれる。

「姫さまが若君をひと筋に思い続けていらした姿、この沢辺、ずっと見守っていましたから。ここまで来て何もせずに諦《あきら》めるような思いではないと存じ上げております」

「だからって、先走っちゃいけないぜ、姫さま。向こうも別人だとばれたとわかっているはずだ。その内、何かしらの接触《せっしょく》を図《はか》ってくる――」

不意に言葉を切った門原は、片手で夏花と沢辺を制し耳を澄《す》ます。

「誰《だれ》か来てるな。一人だ。足音を殺してる」

そう報《しら》せる門原の表情は、獲物《えもの》を狙《ねら》う猛禽類《もうきんるい》のように鋭《するど》く静かだ。

「誰が……？　いや、それより門原どの、そこの几帳《きちょう》の後ろに隠《かく》れて。見つかったら罰《ばっ》せられる」

「姫さまもお言葉遣いを正してください」

沢辺の指摘にから咳《ぜき》を零《こぼ》し、夏花は坐《すわ》り直す。

門原は慣れた様子で衣擦《きぬず》れの音も立てず、几帳の陰《かげ》で気配を殺した。

「一人ということは、案内が戻って来たのでしょうか？」

「それだと、足音を殺すのはおかしくな――、こほん、おかしいでしょう？　それに、門原どのが見ていらしたのは、北の方角……」

内裏《だいり》の北東の端《はし》に位置する淑景北舎。北と東側には、内裏を囲う壁《かべ》しかない。

話している間に、夏花の耳にも妻戸が慎重《しんちょう》に開かれる音が聞こえた。

待ち構えていると知ったのか、来訪者は足音を殺すのをやめて東の廂《ひさし》を歩く。廂を隔《へだ》てるため、母屋《おもや》の柱の間に張られた壁代の布地に、何者かも知れぬ人影《ひとかげ》が映った。

夏花たちの位置を確認《かくにん》するようにゆっくりと歩いていた人影は、不意に壁代へ手をかけるとた。

あまりにも予想外の人物に、夏花は言葉を失くす。沢辺も平伏《へいふく》することも忘れて固まってい

招かれもせず北舎に現れたのは、目立たない濃《こ》き色の狩衣《かりぎぬ》を纏《まと》った東宮だった。

「……な……………！」

遠慮《えんりょ》もなく母屋へと踏《ふ》み込んでくる。

微笑みもなく観察するような冷めた目を向ける東宮は、素早《すばや》く母屋の中に視線を走らせる。

門原の隠れる几帳を見そうになる自身を律して、夏花は口を開こうとした。

「恥《は》じらいもないとは……」

夏花よりも早く漏《も》らされた東宮の呟き。低く、先ほどまでの優《やさ》しさなど微塵《みじん》も感じられない

声音《こわね》だった。

沢辺などは驚き慌《あわ》てて袖《そで》を上げると、東宮から顔を隠す。

夏花は少しの自制心と、頭を擡《もた》げた反抗心《はんこう》のままに口を開いていた。

「……どのようなご用向きでいらしたのか存じ上げませんが、恥じらいを諭《さと》される前に、ご自身の行いを省《かえり》みてくださいませ。私は不快を催《もよお》しましたので、どうぞお下がりください」

東宮に向かって下がれと言い放つ夏花に、上げていた腕《うで》を下ろして沢辺は絶句する。

夏花の強気に、東宮は呆《あき》れた様子で失笑《しっしょう》した。

その仕草に、沢辺は困惑《こんわく》を表情に表す。若君ではありえないような東宮の様子に、夏花もや

はり別人だと改めて感じた。

「直言を許したとは言え、位に見合った最低限の敬意を持て。ここはもう北山ではない」

上位者として窘《たしな》めた東宮《とうぐう》の言葉には、冷酷《れいこく》ささえ感じられる。先ほどまで東宮妃《ひ》候補たちに見せていたのが、偽《いつわ》りの仮面であるとでも言うように。

恥じらいも見せず睨《にら》み上げる夏花を、東宮は腕を組んで見下ろした。

「……それとも、まだ男《おのこ》に入り交じって山野を駆《か》けた癖《くせ》が抜けないのか」

冷笑《れいしょう》を交えた東宮の言葉に、夏花は息を詰《つ》めた。

北山の僧都《そうず》の下から、橘家に姫が迎《むか》えられた。その程度の風聞なら、藤原家も摑《つか》んでいる。北山で若君と夏花に面識があったことも調べればわかるだろう。

けれど夏花が、幼少とはいえ男に入り交じって遊んでいたことなど、知る者は同じく遊んだ者しかいないはずだ。僧都さえも、山野に入って遊んでいたことまでは承知していない。

夏花は、目の前の東宮に得体の知れない恐《おそ》ろしさを感じた。

物言いたげな視線を送ってくる沢辺からは、若君と東宮の違いが判《わか》らないと訴《うった》える心情が読み取れる。

「………でも、違うんだ」

夏花のほとんど声になっていない呟きを聞き取ったのか、東宮の目に怜悧《れいり》な光が宿った。

「京に戻《もど》るとは愚《おろ》かな。一度子を捨てた親が、どうしてまた手元に招き寄せたかもわからないのか？　それとも、権力の道具となることをわかっていて橘家に入ったのか？　だとしたら、馬鹿《ばか》としか言いようがないな」

蔑《さげす》むように顎《あご》を上げて見下ろす東宮の心ない言葉に、夏花は怒《いか》りのあまり言葉も出ない。

それでも橘家に入り内裏を目指したのは、若君に会いたいがため。

よりによって希望を潰《つぶ》した本人である、東宮に言われる筋合いなどない。

「姫とは名ばかりに、山で育った粗暴《そぼう》者に務まるほど宮仕えは甘くない。お前が恥《はじ》を晒《さら》すだけ、養育した僧都の顔に泥《どろ》を塗《ぬ》ることになるぞ」

「な、な、何を………っ」

恩ある僧都のことまで愚弄《ぐろう》され、夏花は戦慄《わなな》く。

「あなたに何がわかるって言うんだ！」

「騒《さわ》ぐな見苦しい。そんなことでは先が思いやられるな」

夏花が感情を露《あら》わにすると、東宮は己《おのれ》の悪態などなかったかのように窘めた。

「わざわざ足を運んだ理由は一つだ。今日のような不用意な発言は慎《つつし》め。東宮妃候補全員の品位を疑われかねないぞ」

絶対者のような雰囲気《ふんいき》を纏って、東宮は不遜《ふそん》に言い放つ。

夏花は堪《たま》らず口を開いた。

「品位？　女性の母屋に先触《さきぶ》れもないどころか、許可も得ずに踏み込むあなたが、品位を語るのか？」

「ここを何処《どこ》だと思っている？　今上《きんじよう》不在の内裏で最も位の高い者が是《ぜ》と言えば全《すべ》てが肯定《こうてい》される。そんなこともわからないのなら、ここから去って北山へと帰れ。お前にはあそこがお似合いだ」

言うべきことは言ったとばかりに、東宮は踵《きびす》を返す。

夏花の言葉など最初から聞くに値《あたい》しないとでも言うように進んでいた東宮は、ふと肩越《かたご》しに振《ふ》り返った。

垣間《かいま》見《み》えた表情はひどく悩《なや》ましげな憂《うれ》いを帯びている。夏花と目が合うと表情を硬《かた》くして妻戸へ向かい、少し前の表情が見間違《みまちが》いに思えるほど、その背中は夏花を拒絶《きよぜつ》する冷徹《れいてつ》さを感じさせた。

濃き色の裾《すそ》が視界から消えると、ほどなく妻戸を閉める音が母屋に響《ひび》く。

「ひ、姫さま……」

沢辺は膝行《しっこう》して俯《うつむ》く夏花に声をかけた。

「…………なん、なんだ、あいつはぁぁああ！」

震《ふる》えるほど拳《こぶし》を握《にぎ》り締《し》めた夏花の叫《さけ》びに、沢辺も声を荒《あら》げた。

「姫さま！　真偽《しんぎ》はどうあれ東宮の位にいらっしゃる方に、そのような物言いはなりません！」

「あんなのが東宮？　あんなのが若君の代わりにいるなんて！　認めない……っ。絶対、あの化けの皮剝《は》がして若君見つけてやる！」

再会を夢見た期待を裏切られた上に、表だけは若君に似せた東宮の存在が、夏花には思い出さえ汚《けが》されるようで怒りが込み上げた。

「姫さま！　落ち着いてください。まだ外におられるやもしれないのですよ！」

聞かれれば不敬で罰《ばつ》せられる。主《あるじ》を心配して必死に止める沢辺に、夏花も歯を食い縛《しば》り苛立《いらだ》ちを嚙《か》み潰した。ここで問題を起こせば、沢辺はもちろん橘家、ひいては養育してくれた僧都にまで迷惑《めいわく》をかけかねない。

東宮の指摘《してき》どおりなのが不満だが、考えないようにしようと夏花は乱れた息を整える。そうして、門原が隠《かく》れている几帳を振り返った。

「ふぅ、ふぅ……。門原どの、もう出て来ても大丈夫《だいじょうぶ》。沢辺もすまない。念のため御簾《みす》も全部下ろしておいたほうがいいと思う」

応じて立ち上がる沢辺が御簾に手を伸《の》ばし始めても、几帳の向こうから身動《みじろ》ぎは聞こえない。

几帳の向こうを覗《のぞ》き込んだ夏花は、居るはずの人物が忽然《こつぜん》と消えていることに気づいた。

「沢辺、門原どのがいない。いったいいつ出て行ったんだろう？」

「え、気づきませんでした。あの方、喋《しゃべ》ると騒がしいですが、動くとなると本当に静かですね」

「はぁい。姫《ひめ》さまの護衛役、門原どの、戻ったぜ」

軽い調子で、沢辺の足元から門原が顔を出す。

門原は片腕《かたうで》で高欄《こうらん》の下から勢いをつけて廊下《ろうか》に登り、はしたないと視線だけで責める沢辺の横をすり抜《ぬ》け母屋《おもや》に戻ってきた。

「いつの間に下に降りていたの、門原どの？」

夏花の問いに、門原はいつもの軽い調子で答える。

「東宮が母屋《おもや》を出てすぐですよ。いやぁ、あの東宮何者なんでしょうね。少なくとも、内裏《だいり》の中を隠れ歩くことには慣れてるみたいで。──ついでに、別の誰《だれ》かも外にいたみたいですけど。さて、東宮の従者かはたまた……」

どうやら東宮の後をつけたらしい。その上不穏《ふおん》な言葉を呟《つぶや》く門原に、夏花は最悪の想像を口にする。

「まさか……、若君を亡《な》き者にして成り代わってるなんてこと」

「さて、現状否定できかねますが。そうなると若君の従者や学友が黙《だま》ってる理由がない。その線は薄《うす》いと俺は思いますよ」

夏花は瞬《まばた》きも忘れて胸を押さえる。

口にして知った。

若君と二度と会えないかもしれないと思うだけで、こんなにも苦しい。どれだけ再会を待ち望んでいたのか、自覚するよりも深く心が物語っていた。

「ちょっと落ち着きましょうか、姫さま。まさかこんなに早く、しかも当の本人が現れるとは思いませんでしたが、これで向こうが姫さまに害意がないのはわかりましたぜ」

膝《ひざ》をついて坐《すわ》る門原に従い、夏花も腰《こし》を落ち着ける。

「すぐに姫さまを追い出すつもりがないから、あの忠告です。今上の勅命《ちょくめい》で集められたんですから、そう簡単に手は出せんのでしょう。だったら、猶予《ゆうよ》のある今の内に東宮周辺を一回調べてみましょうや」

「門原どのが言うと、とても簡単なことのように聞こえるのがおかしいな。——でも相手は東宮だもの。そう簡単に近づけない。どころか門原どのはここにいることさえ本来許されないことでしょ？　門原どのが危険を冒《おか》すことはない。ここは私が……」

「なりません、姫さま」

門原と声を揃《そろ》えたのは、御簾を下ろし終えた沢辺だった。

「外界から隔絶《かくぜつ》された山荘《さんそう》の庵《いおり》ならまだしも、姫さまはもう名を改め、裳着《もぎ》を行った大人なのですから。軽率《けいそつ》な行動は慎みなさいませ」

「でも、東宮に会えるのって、私が一番……」

目を据《す》わらせた沢辺の無言の圧力に、夏花の声は尻《しり》すぼみになる。門原は苦笑して、やはり夏花の無謀《むぼう》を止めた。

「姫さま、別に正面から会う必要なんてねぇんですぜ。ま、そこら辺は俺に任せてくださいよ。姫さまは、東宮《とうぐう》の警戒《けいかい》を強めないように大人しくしておいてくれりゃいいですから」

すぐには頷《うなず》けず、黙り込む夏花に、門原はわかっていると笑った。

「姫さまが内裏に来た目的は、今も変わらんのでしょう？」

その問いに、夏花は迷わず頷いた。

「私が橘家に入り、橘文子《たちばなのあやこ》なんて名前を受けたのは、若君との再会の約束を果たすためだもの。その障害として東宮がいるなら、私は迷わず東宮の正体を暴《あば》く」

「だったら、姫さま。大人しく、なんてできないことは言いませんから、一人で突《つ》っ走ることだけは、絶対にしないでくださいよ」

「うん……、わかった。危険があると思えば、門原どのに相談する」

「姫さま、そこは危険があれば近づかないと仰《おっしゃ》っていただかないと」

額を押さえて項垂《うなだ》れる沢辺に、夏花は苦笑《くしょう》を向けるしかなかった。

心に決めたことは譲《ゆず》らないと、姉妹同然に育った沢辺はわかっている。わかってくれているという安心が、夏花にもあった。

「沢辺、どうか私を助けて」

「言われずとも。……まずはその童子のようなお言葉遣《ことばづか》いを改めることから始めましょう。門原どのが調べるにしても、姫さまが粗相《そそう》をして内裏を追い出されては意味がありません」

散々注意された小言を返され、夏花は衵扇《あこめおうぎ》を開いて口元を隠した。

「親しく思うそなたらを前にしては、気も緩《ゆる》みほどけてしまうというもの。許せよ、沢辺」

普段《ふだん》よりも作った口調で応じれば、呆《あき》れる沢辺の横で門原が噴《ふ》き出す。

「本当、そうしてると母君に生き写しの美人だってのに」

「門原どの、それでは私が不美人と言われているようなんだけど」

「おっと、そんなことありゃしませんよ。姫さまは深山幽谷《ゆうこく》の仙女《せんにょ》にも負けない美人ですって」

門原の軽口に苦笑しながら、夏花は未《いま》だ不安に苛《さいな》まれる胸を押さえた。

まだやれることはある。諦《あきら》めるには早すぎる。

若君に二度と会えないわけではないのだと、胸中で己《おのれ》を鼓舞《こぶ》し続けた。

「これは夏花君、山吹《やまぶき》の匂襲《においがさね》が良くお似合いだ。梨壺《なしつぼ》からのお戻《もど》りでしょう？　楽しい時間をおすごしになりましたか？」

梨壺から淑景北舎に戻ろうとした夏花は、目が合ってしまったことを激しく後悔した。

梨壺の西、麗景殿《れいけいでん》から偶然《ぐうぜん》姿を現したのは、今上《きんじょう》不在の内裏で最も位高い東宮その人。

先日の暴言を忘れたにこやかな態度は、東宮として申し分ない。他《ほか》の東宮妃《ひ》候補がこの外面《そとづら》を信じ込んでいる現状が歯痒《はがゆ》いながら、織り文様美しい衣冠《いかん》姿で従者を引き連れる姿は、東宮として恥《は》じない威厳《いげん》を感じさせた。

門原の行動を妨《さまた》げないためには、内裏に居続ける必要がある。東宮を相手に粗相をしては、若君への手がかりさえ得られない。

胸中で頭を擡《もた》げそうになる反発を抑《おさ》え込み、夏花は沢辺と共に廊下に伏《ふ》す。

「勿体《もったい》なきお言葉。仰《おお》せのとおり、藤大納言《とうのだいなごん》さまにお見せいただいた絵巻物の素晴《すば》らしいこと。大変有意義なお時間をいただきました」

今日は藤大納言の招きで東宮妃候補が梨壺に揃っていた。夏花は最後に梨壺を離《はな》れることになったのだが、よりによって東宮の移動と重なってしまったのだ。

表面上は気遣《きづか》いを窺《うかが》わせる穏《おだ》やかさで、梨壺で行われた集まりが何かを知っていて話題にしたのかと、夏花は勘繰《かんぐ》ってしまう。

藤大納言が自らの住まいに招いた建前は、珍《めずら》しい絵巻物を手に入れたから。皆《みな》で拝見しましょうと誘《さそ》う裏には、他の東宮妃候補を呼び出せる自らの権威《けんい》を周知する目的があった。

「お顔を上げてください。有意義な時を得られたのであれば結構なことです。北山にも貴族は多いとは言え、やはり京とは勝手の違《ちが》うもの。山が懐《なつ》かしくはありませんか？」

帰るなら今の内だぞ、と聞こえてきそうな東宮の言葉選びに、夏花は気づかないふりで笑《え》みを返す。

「私はまだ京に戻って日が浅うございます。懐かしむほどに離れていらっしゃるのは、東宮さまではございませんか？」

東宮の揺《ゆ》さぶりをそのまま返してみるが、動揺《どうよう》は見られない。

「時が経《た》ちすぎると、懐かしささえも薄れてしまう。時と共に人は変わっていくものなのです。……あなたが見紛《みまが》うのも詮なきと思えるほどに」

初対面の無礼を引き合いに出す東宮の意地悪さに、内心夏花は歯嚙《はが》みした。引き攣《つ》りそうになる口元を袖《そで》で隠《かく》し、なんとか言い返す。

「本当に、別人のようにお変わりになりましたわ。私、今でも目を疑いますもの」

「ふふ、褒《ほ》め言葉として受けておきましょう」

余裕《よゆう》のない夏花に対して、東宮は終始表情も態度も崩《くず》さない。

いっそ嫌《きら》われるように言葉を選んでいるのではないかと夏花が怪《あや》しんでいると、東宮の視線が梨壺へと走る。

夏花も肩越《かたご》しに窺えば、どうやら梨壺の侍女《じじょ》が東宮と夏花の立ち話に気づいた様子。

「さて……、長々お引き留めして申し訳ない。今日はゆるりと休まれよ」

言うや、東宮は従者を率いて歩き出す。

公務用の衣冠姿であることを思えば、東宮としての務めのため内裏の外へ行くのだろう。

夏花は口惜《くちお》しさを耐《た》えて、東宮が見えなくなるまで平伏《へいふく》していた。

「……姫《ひめ》さま、行かれたようでございます」

沢辺の言葉に促《うなが》され、夏花は立ち上がる。今口を開いては、憚《はばか》るような言葉を漏《も》らしてしまいそうだった。

察しているのか、沢辺はそれ以上言わず、足早に歩く夏花の後ろをただつき従う。

内裏に住まうようになって七日、もはや東宮の存在自体が気に入らないと言えた。

「今、若君の安否も知れぬまま、内裏を離れるのは得策じゃないってことくらいわかってる。弱みを見せれば、競争相手を減らしたい東宮妃候補に足を掬《すく》われることだってわかってる……っ」

夏花は己に言い聞かせるように低く吐《は》き出す。発言を慎《つつし》め、品位を保てと東宮に言われたことを実行しなければいけない現状も腹立たしい。

せめて気心の知れた沢辺と二人になれる北舎へ。夏花は急《せ》く心のままに、他人の目がある桐壺の前を早足に歩きすぎる。

心中を察する沢辺は、主人の後ろを置いて行かれまいとついて行くばかり。当の夏花は前も見ずに扇で顔を隠したまま歩いていた。

「やべ……っ。あ、おい！　そっちに行くな！」

北舎の妻戸の前まで来て聞こえたのは、聞き慣れた門原の声。けれどその声音《こわね》に含《ふく》まれた剣呑《けんのん》さは、夏花に向けられたものではない。

夏花が前を向くのと同時に、北舎の北から何者かが、後ろの門原を見たまま高欄《こうらん》を跳《と》び上がり廊下《ろうか》に登って来る。

高欄を蹴《け》って夏花に突進《とっしん》するのは、目から下を隠す覆面《ふくめん》と笠《かさ》を身に着けた明らかな不審《ふしん》者。

夏花が息を呑《の》んでようやく、不審者も進行方向に二人の女人《にょにん》を視認《しにん》した。

「姫さま、避《よ》けろ!」

門原の叱声《しっせい》に、夏花は驚《おどろ》き固まっていた体を遅《おそ》まきながら動かす。右手の高欄側に夏花が動くと、勢いを殺せない不審者は左に体を傾《かたむ》けた。

けれど身を逸《そ》らし切るより早く、夏花は不審者と肩《かた》を擦《こす》るようにぶつける。

重心を傾けていたせいで、夏花の上半身は高欄の外に投げ出された。

「う、わ……っ。落ち――!」

夏花はうわ言のように言葉を漏らす。沢辺が手を伸《の》ばしてくれるが遅い。高欄の下を走る門原も間に合わない。

頭から落ちると悟《さと》った夏花は、衝撃《しょうげき》に備えて固く目を瞑《つむ》った。

「あ……、危ない!」

聞き慣れない声と同時に、手首を強く摑《つか》まれる。

肩が痛むほどの勢いで引かれた次の瞬間《しゅんかん》には、不審者の胸に抱《だ》き込まれていた。
力任せに引き戻した不審者と共に、夏花は廊下に倒《たお》れ込む。下敷《したじ》きにする形の不審者の呻《うめ》き
に顔を上げれば、笠と覆面の間から痛みに細められた目が見えた。
倒れた衝撃で顎《あご》から鼻にかけて右半分が捲《めく》れ上がった覆面の下には、赤く引き攣れた刀傷の
痕《あと》。耳や顎、首を真横に断《た》とうとしたらしい傷痕《きずあと》がはっきりと残されていた。
物騒《ぶっそう》な傷さえなければ上品そうな顔立ちの不審者は、夏花が見ていることに気づくと、すぐ
さま覆面を整え顔のほとんどを隠してしまう。
「これは、お見苦しいものをお見せいたしました。お怪我《けが》などはございませんか？」
不審な格好に似つかわしくない、穏やかで優《やさ》しい声音。
「え、は……、ないと、思うけど」
引っ張られた腕《うで》は痛むが、助けられたことを考えれば文句を言う気にはなれない。
不意に、不審者は総毛立つように身を硬《かた》くして左右に首を振《ふ》る。応じて夏花も左右を見れば、
左手には、目を見開き戦慄《わなな》く沢辺の姿があった。右手には、高欄を跨《また》いで廊下へと登った門原
が抜《ぬ》き身を携《たずさ》えている。
「姫さま！　すぐにその不埒《ふらち》者から離れてください！」
「おし、ちょっと話聞くだけのつもりだったが、うちの姫さま危ない目に遭《あ》わせたんじゃ、見《み》
逃《のが》すなんてできねぇな」

殺気とも言える不穏《ふおん》な気配を纏《まと》った側近二人に、夏花は不審者の上から身を起こして手を上げた。

「待って、二人とも。不審者だけど、ぶつかった時に避けようとしてくれたし、そのまま逃《に》げられたのにこうして私を助けてくれたでしょ。悪い人ではないよ。不審者だけど……」

不審者は抜け目なく左右を探《さぐ》り、庇《かば》う声を発した夏花を見る。

「助けてくれたことには、礼を言う。ありがとう。でもここは、私が住まいとして宛《あ》てがわれた場所だよ。ここでいったい何をしていたの？　あなたは誰《だれ》？」

夏花の問いに、見苦しく慌《あわ》てるでも、困惑《こんわく》し焦《あせ》るでもなく、不審者は静かな目をしていた。いっそ、涼《すず》しげに感じるほど穏やかな眼差《まなざ》しだ。

「……無礼を働いたことは事実。仕える者の名を明かすことはできませんが、謝罪の代わりに私のことならお答えしましょう。私は文使《ふみつか》いの流《ながれ》。ご用を済ませた帰途《きと》、こちらを通りかかっただけの者でございます」

夏花が目顔で門原に確認すると、首肯《しゅこう》を返された。門原は内裏《だいり》から抜け出そうとする流と遭遇《そうぐう》し、今に至るようだ。

この不審者こと流は、内裏に侵入《しんにゅう》して何者かと手紙の受け渡《わた》しをしたらしい。けれどそれが誰かは言わない。手紙の内容や目的も聞くだけ無駄《むだ》だろう。

夏花は次に気になることを問いかけてみた。

「あまり、聞かない名前だね。あなたの里ではそのような名づけが普通《ふつう》なの？」

「いいえ、里などございません。川を流れていたから、流と呼ばれております」

埒外《らちがい》の答えに、夏花はからかわれているのだろうかと首を傾《かし》げる。

対する流は何処《どこ》か楽しむ風で、目を細めた。

「奇特《きとく》なお方だ。私の醜《みにく》い顔を見て怖《お》じる様子もないとは」

流の言葉に、顔を隠すのは身元を隠す以外の理由もあることがわかる。

死はさらなる死を呼び、穢《けが》れはさらなる穢れを呼ぶ。そう考えられている風潮のため、欠けたもの、傷のあるものは敬遠される。特に貴族社会ではその風潮が徹底《てってい》しており、夏花もこれだけ間近に大きな傷痕を持つ者を見たのは初めてだった。

「驚きはしたが、醜いとは思わないよ。それだけの傷を負ってなお生きるのなら、それは御仏《みほとけ》があなたに生きて果たすべき役割が今生にあるとお示しになったからだと思う」

目を瞠《みは》った流は、一つ息を吐き出すと覆面の下で苦笑《くしょう》したようだ。

「北山の僧都《そうず》の下《もと》でお育ちとは聞き及《およ》んでおりましたが、これほどに清廉《せいれん》なお心をお持ちとは感服いたします」

膝《ひざ》を折り、居住まいを正す流に門原が刀を持ち直したが、夏花は目顔で制して止める。

己《おのれ》を卑下《ひげ》する流の言葉は、それだけ目立つ傷が元で不愉快《ふゆかい》な思いをした表れだろう。

深く頭を下げた流は、改めて謝罪を口にする。

「許しも得ず、お住まいに踏《ふ》み入った無礼をお詫《わ》び申し上げます。この非礼の償《つぐな》いはいずれ必ず。……ただ今は、これにて」

言うが早いか、流は飛び出すように床《ゆか》を蹴ると、高欄を飛び越《こ》え地面に着地した。

「あ、この野郎《やろう》！　待ちやがれ！」

門原の制止も遅く、流は内裏の壁《かべ》に駆《か》け寄ると、隠《かく》し持っていた小太刀《こだち》を足場に跳び上がる。

一足飛びに壁に登った流は、紐《ひも》で小太刀を回収して一度頭を下げるとそのまま壁の向こうへと消えて行った。

「……すごい………。あんな動きができる人間がいるのか」

鮮《あざ》やかな身ごなしに、夏花は曲芸でも見た気分で呟《つぶや》く。

「ひ、姫《ひめ》さまぁ！　お、おぉ、お怪我はございませんか？」

飛びつくように座り込んで安否を問う沢辺に、夏花は大袈裟《おおげさ》だと笑う。

「大丈夫《だいじょうぶ》だって。ちゃんと流が怪我しないように助けてくれたんだから」

「いや、いや。姫さま、その文使いのせいで高欄から落ちかけたんですよ」

門原は抜き身を鞘《さや》に納めつつ、呆《あき》れたように肩を竦《すく》めた。

「ま、とにかく中に入りましょう。ここじゃ俺も見つかっちまう」

門原の言葉に、夏花と沢辺は慌てて向かいの桐壺を見る。

こちらの騒《さわ》ぎには気づいていないようで、箏《そう》を練習しているらしい音が聞こえていた。

妻戸から母屋《おもや》に入った夏花は、改めて門原に流と出会った経緯《けいい》を聞く。

「そろそろ姫さまたちが戻《もど》る頃《ころ》だと思って俺が内裏《だいり》に入ったら、逆に内裏から出ようとしてるあいつと鉢合《はちあ》わせになっちまって。どうせ顔を見られたんで、一発ぶん殴《なぐ》ってお話聞こうかと思ったら、内裏の方向に逃げちまいやした」

そこからは夏花も見たとおり。目が合っただけで、流は門原との力量差を察して逃げに徹《てっ》したと言う。

「もう、何をなさっているのですか門原どの！　姫さまにお仕えするなら、もっと穏便《おんびん》な方法を考えてください！」

短慮《たんりょ》がすぎると沢辺に叱責《しっせき》され、面目《めんもく》ないと門原は肩を竦めた。

夏花は、穏《おだ》やかそうだった流の様子と、驚くべき身体能力を脳裏《のうり》に浮《う》かべ唸《うな》る。

「本当に、どうなってるんだこの内裏は。門原どのだけでなく、もう一人侵入者がいるなんて。東宮《とうぐう》は危機感が足りないんじゃないか？」

山に籠《こも》って育った夏花でも知っている。

天皇の位を狙《ねら》い起こる争いが、権威《けんい》や見栄《みえ》を競うだけではないことを。時には人死にさえ出る陰惨《いんさん》な歴史があることを。

現状、権力の頂点に立つのは天皇ではなく上皇だ。けれど上皇になるには天皇にならなければならず、天皇になるには東宮になることが最も確かな道だった。

「若君が山を下りたのは、東宮の座を争った成人の継承権上位《けいしょうけん》の者たちが共倒《ともだお》れで、全員いなくなってしまったためだったでしょ。死ななかった人も、家ごと傾いてしまったとか」

突然《とつぜん》東宮への未来が繋《つな》がった若君と同じく、どれだけ待っても皇位継承など夢物語に終わっていた親王《しんのう》も、一気に夢が現実味を帯びたはず。東宮の座を狙う者が絶えたわけではない。

「あの流がもし暗殺者だったとしたら、どうするつもりなの？　こんな警備の甘い所に一人で来るなんて知れたら……っ」

東宮は、夏花が内裏に入った最初の日から、三回ほどまた北舎へと現れていた。滞在《たいざい》時間こそ短いが、言う内容は夏花への駄目《だめ》出し。決まって去り際《ぎわ》には、北山へ帰れと言い捨てる。

「はは、東宮の命を狙う最大の不埒者が、近い血縁《けつえん》ってのは業《ごう》の深い話ですよね」

「門原どの、不敬ですよ。今上《きんじょう》陛下や女御《にょうご》さまの件は噂《うわさ》や憶測《おくそく》でしかないんですから」

門原と沢辺は声を落とし囁《ささや》き合う。夏花は東宮への苛立《いらだ》ちに意識が向き聞いていなかった。

「――なのに、外で会えば今日みたいに取り澄《す》ました顔でいい人ぶって。東宮妃候補《ひ》たちもあんな外面《そとづら》に騙《だま》されてるしさ……っ」

東宮の不躾《ぶしつけ》な発言の数々を思い出して夏花が唇《くちびる》を噛《か》むと、門原が苦言を呈《てい》した。

「まぁ、なんだ。姫さま、東宮の心配より自分をまず守りましょうや。あの文使いみたいな不《ふ》審《しん》者と、悠長《ゆうちょう》に話してちゃいけませんって。まずは逃げてくれなきゃ。……あんたを守れないんじゃ、俺は母君に合わせる顔がねぇ」

門原が刀を抜いていながら振るえなかったのは、夏花と流が近すぎたせいだ。

かつて門原は夏花の母に命を救われた。死した主人への恩返しに、門原は見つかれば死罪もあり得る内裏へと忍《しの》び込んで、その娘《むすめ》を守ろうとしている。

夏花は門原の忠誠心を思い、居住まいを正した。自らの不手際で門原を失うことにはなりたくない。

「すまない、門原どの。私の考えが足りなかった」

夏花が罰《ばつ》せられるようなことがあれば、たった二人の臣下は主《あるじ》の罪に殉《じゅん》じるだろう。そうしないためには、まず夏花自身が一層気を引き締《し》めなければならない。

真摯《しんし》に謝る夏花に、沢辺は慰《なぐさ》めを向けた。

「あのような場面では、動転なさいますのも致《いた》し方ありません、姫さま」

「とか言って、姫さまがあの文使いにいつもの調子で喋《しゃべ》っちまったことで、お小言言いたいんじゃないの?」

茶々を入れる門原を睨《にら》む沢辺だが、否定の言葉はない。

言われて、夏花も流に対して取り繕《つくろ》うことを忘れていた己に気づかされた。

「あれ……? 私はなんで、流を警戒《けいかい》しなかったんだろう?」

思い出してみれば、助けられたからというだけでは余りにも無防備すぎた。

童子のような言葉《ことば》遣《づか》いだけでも外聞が悪いのに、今いる内裏は東宮妃の座を争う者たちが集まっている。誰《だれ》に知られても不利にしかならない。

わかっていたから、他《ほか》の東宮妃候補の前では取り繕ってきたというのに、何故《なぜ》今日に限って流の前でできなかったのか。

いつにない不手際に、夏花は不甲斐《ふがい》なさを感じて黙《だま》り込む。そんな様子に、沢辺は門原に目顔で話題を変えるよう促《うなが》していた。

「えっとですね、可能性としてあの文使《ふみつか》いが東宮の手下で、ここはあいつのための通り道ってのは、考えられるんですが。夜誰《だれ》かいても朝になるまで出るなって、妖《あやかし》にかこつけて東宮から注意されたんでしょ？　あれ、あいつみたいな手下を姫さまに目撃《もくげき》させないためとか」

無理な話題転換《てんかん》で口にした門原の指摘《してき》に、夏花は俯《うつむ》きがちだった顔を上げる。

「なるほど。そう考えると、東宮妃候補の私を助けた理由にもなるね」

「ま、ただの推測ですけど。姫さまが言うように暗殺者の線も捨てられねぇ」

門原の物騒《ぶっそう》な言葉に、沢辺はやり場のない不安を怒《いか》りに変えた。

「どっちなんですか、門原どの！」

「えぇ？　俺を怒《おこ》るなよ。大丈夫だって、沢辺。東宮狙いの暗殺者なら、下手に東宮妃候補に手ぇ出して、目立つような真似《まね》はしねぇよ」

関《かか》わらなければ大丈夫と言う門原だが、侍女《じじょ》の気迫《きはく》に押されて苦笑いを浮かべる姿を前にしては、沢辺の不安は拭《ぬぐ》えない。

「門原どのは、姫さまの安全を守るのが仕事でしょう。もっと真面目《まじめ》になさってください」

沢辺の叱責に腰が引ける門原。二人の賑《にぎ》やかさに、我知らず夏花の口には笑《え》みが浮かぶ。北山と変わらない様子に懐《なつ》かしさを覚えると、不意に流の顔が脳裏を過《よぎ》った。

「…………懐かしい？　……まさか、ね」

刀傷が印象的で、その割に上品そうだと感じた程度だったはず。

夏花はただの思いすごしだろうと、沢辺を宥《なだ》めるべく笑みを浮かべ直した。

三章　宣戦布告

「どうなさいました、姫さま？　お顔がなんともひどいことにおなりですよ」

仏頂面《ぶっちょうづら》の夏花を横目に、沢辺は茶器を磨《みが》く手を止めず声をかけた。

「なんでもない。ただの思い出し苛《いら》つきだから。他の人の前では完璧《かんぺき》にいい人演じるのにさ……っ」

「そんな、思い出し笑いのように言わなくとも……。つまり東宮さまのことをお考えになって、そのようなお顔なのですね？」

内裏に来てからというもの、夏花の怒りの原因は沢辺から見ても東宮だ。

「初日のあの暴言もひどかったけどさ。抹香《まっこう》のほうが香に勝《まさ》って匂《にお》っているからもっと焚《た》けとか、また失言しないように一度周りを見てから口を開けとか……っ。私を苛立たせて内裏を追い出す作戦なのか！」

「落ち着いてお考えになれば、東宮さまの仰《おっしゃ》ることも一理あるように思われますが」

「沢辺？　あんな嫌《いや》みしか言ってこない奴《やつ》の何を肯定《こうてい》する気になったの？」

乳母子《めのとご》の思わぬ擁護《ようご》に、夏花は目を瞠《みは》る。けれど返ってきたのは、お説教をせんと定めた沢辺の一瞥《いちべつ》だった。

「来《きた》る子《ね》の日に向けて、他の女君は楽《がく》に香にお召《め》し物に、それぞれが準備を怠《おこた》らないと聞き及《およ》んでおります。それなのに姫《ひめ》さまは――」

「貴族として恥《は》ずかしくない程度にはやってるよ……？」

「東宮《とうぐう》さまもその認識《にんしき》が甘いと仰っていたではありませんか。向き不向きはありましょうが、東宮妃候補となった姫君《ひめぎみ》方は、誰もが上を目指しているのです。ほどほどなどという半端《はんぱ》さでは後《おく》れをとってしまいます」

藪《やぶ》をつついて蛇《へび》を出してしまった夏花は、ささやかな抵抗《ていこう》で昨日現れた東宮の暴言のひどさを訴《うった》えた。

「けど、昨日琵琶《びわ》を練習してたら東宮が来て、ちゃんと音出せたんだななんて余計な口出ししてくるんじゃ、やる気もなくなると思わない？　東宮、絶対私以外の東宮妃候補にはそんなこと言わないよ」

「思いません……っ、と言うには、東宮さまのお言葉は正しくもあり、姫さまの集中が散漫《さんまん》になるよう仕向けているようにも、思えますね。もう少し、姫さまにお優《やさ》しいお言葉をいただければよろしいのですが」

沢辺も呆《あき》れたように嘆息《たんそく》する。

「いらないよ。東宮の優しい言葉なんて、どうせ心なんて籠《こも》ってないんだし。私は本当のことが知りたいんだ。聞いても答えてくれないけど、絶対聞き出してやる……。帰り際《ぎわ》、いつも悩《なや》んだような顔してる理由も、わからないままだとなんか、気分悪いし」

東宮の本音を引き出そうという夏花こそ、沢辺が気を揉《も》む最たる人物だとは自覚がなかった。

「はぁ……。あ、そうです姫さま。お心を落ち着けるためにも、若君からの歌をお読みになっては如何《いかが》でしょう？　宴《うたげ》で詠《うた》いかけられることがあるかもしれませんもの。和歌の勉強をし直すおつもりで返歌を考えてみては？」

「何故かな、沢辺。すごく誘導《ゆうどう》されている気がするけど、……いい考えだと思う」

生まれた時から共にすごす沢辺は、夏花のやる気を奮い立たせる方法を熟知している。沢辺の望むとおりになるとわかっている夏花だったが、抗《あらが》う理由も思い浮《う》かばず二階厨子《にかいずし》へとにじり寄った。

抽斗《ひきだし》を開けて胡蝶《こちょう》が描《えが》かれた文箱《ふばこ》を取り出す。中には僧都《そうず》や乳母からの手紙。

夏花は、橘《たちばな》の枝が添《そ》えられた封筒《ふうとう》を取り出すと、文箱を直しもせず経机《きょうづくえ》に向かった。懐かしさに心浮き立つ夏花は、すでに東宮への苛立《いらだ》ちを彼方《かなた》へ置き捨てている。

文《ふみ》は元もと橘の枝に結びつけられており、若君が愛用していた香が薫《かお》っていた。今では橘の枝も乾燥《かんそう》しきり、香もわからなくなっている。

「貰《もら》ってすぐは、あんなに薫ったのに……」

思わず漏《も》れた夏花の嘆息に、沢辺は苦笑《くしょう》を返した。

「仕方ありませんよ、姫さま。もう四年経《た》っているのです。虫に食われていないだけましだと思わなければ」

「……漢詩はさ、僧都が得意だったから重点的に習って得意になったでしょ。和歌はさ、この文があったから、少しでもいい歌を若君に返したいと思って、身につけたんだよね。——初顔合わせの時、藤大納言《とうのだいなごん》さまの歌を聞いてつい、この文のことを思い出したんだ」

今でも、もう少し可愛《かわい》らしい返歌を送れば良かったと思う。その思いが口から零《こぼ》れて、あらぬ誤解を生んでしまった。

「藤大納言さまの侍女で、あの時の歌を不服に思ってるらしい者が、すれ違《ちが》うと未《いま》だにひそひそしてくるよね」

夏花は苦笑しながら封筒を開く。文は銀箔《ぎんぱく》の漉《す》き込まれた二枚の和紙。一枚目には、上皇の命令によって山を下りることになった旨《むね》が書かれている。

二枚目には、若君が描いた不如帰《ほととぎす》と共に、別れを惜《お》しむ歌が詠《よ》まれていた。

手紙を受け取ったのは、若君が山を下りる前日のこと。

僧都たちの間でも、急な還俗《げんぞく》は噂《うわさ》になった。夏花は突然《とつぜん》の別れに、何をすべきかもわからないまま泣くばかり。若君から初めて文が届いたのは、悲しい別れの中で嬉《うれ》しい驚《おどろ》きだった。

歌われているのは不如帰。

どれほど昔のことになっても、夏花を思って帰りたいと泣くだろうと、不如帰に若君の思いを仮託《かたく》して歌われている。

不如帰は本来、不如帰去と書くという。唐土《とうど》の西、蜀《しょく》の地で、家臣の謀反《むほん》で国を追われた王が復位を望んだが叶《かな》わず、鳥となって帰れないと鳴く故事に由来する。

上皇という最高権力者の命令では逆らえない。夏花の下《もと》を去りたくないが、去らねばならない。帰りたいと望む場所はいつでも夏花だと若君は歌いかけてくれた。

「……………なんか、改めて読むと、すっごく恥ずかしい」

「何を今さら。返歌を一緒《いっしょ》に考えてくださった僧都が、お若いのに熱烈《ねつれつ》なことだと感心していらしたじゃありませんか」

呆れたような声音《こわね》に沢辺を窺《うかが》うと、懐かしむ様子で微笑《ほほえ》んでいる。夏花は気恥《きは》ずかしさと懐かしさで、笑い声を漏らしてしまった。

「え、へへ……。僧都が言ってくれたんだよね。この文への返歌を読んだ時と変わらない気持ちがあるなら、橘家に入りなさいって」

「えぇ。利用されるために入るんじゃない。姫さまの望む方を手に入れるために、こちらが利用してやるのだという気概《きがい》を持ちなさいと。本当に僧都は、遠縁《とおえん》だというのに姫さまと良く似たご性質で」

沢辺と目を見交《みか》わし、夏花はくすくすと笑う。

夏花が返したのは、若君に比べれば情緒《じょうちょ》のない歌。

蜀の民《たみ》ではないので、いつでも帰って来てくれて構わない。いっそ根を張る橘でもないので、迎《むか》えに行くのも吝《やぶさ》かではない、と。

別れの日、見送りに出た夏花に、若君は本当に呼べば来てくれるのだろうかと聞いた。すでに東宮として迎えられることの決まっていた若君が、女性を招くということは、即《すなわ》ち結婚《けっこん》。その場の従者や僧都が口を挟《はさ》む間もなく、夏花はもちろんだと頷《うなず》いていた。必ず呼ぶ、また文を交わそう。そう約束して別れた若君から、夏花の下に文が届くことはなかった。

「……私は、会いに来たのにな………」

夏花は呟《つぶや》き、和歌に添えられた不如帰の絵を指先で撫《な》でる。

不意に南から北へと風が吹《ふ》き、夏花も沢辺も乱れた髪《かみ》を押さえた。瞬間《しゅんかん》、聞こえた衣擦《きぬず》れは、沢辺が坐《すわ》る方向とは逆。

翻《ひるがえ》った壁代《かべしろ》の向こう、北の妻戸を見た夏花は、そこに東宮が立っているのを見つけた。

「え……っ、いつの間に。来てるなら声くらいかければいいのに」

夏花の声に、沢辺も気づいて慌《あわ》てて頭を下げる。門原がいれば来訪の前兆を察することができるが、今いるのは夏花と沢辺の二人だけ。

いつもなら気づかないほうが悪いと憎《にく》まれ口を叩《たた》く東宮だが、ひと言も発する気配はない。

訝《いぶか》しんだ沢辺も顔を上げ、夏花と顔を見合わせて首を傾《かし》げるばかり。

夏花はもう一度声をかけようとして、東宮が身動《みじろ》ぎもせず凝視《ぎょうし》している物があることに気づいた。

夏花が経机に広げた若君からの文だ。

瞬《まばた》きも忘れて文を見る東宮の様子は、ただごとではなかった。

「これ？　東宮、これがどうしたんだ？　まさか見覚えが——」

文を手にして示すと、ようやく東宮は我に返った様子で肩《かた》を揺《ゆ》らす。

夏花が探《さぐ》りを入れようと言葉を紡《つむ》ぐ途中《とちゅう》で、東宮はいきなり背を向けて妻戸から離《はな》れた。いつもなら忍《しの》ばせる足音も、夏花にさえ遠ざかる様子が聞こえる。

「ちょ、ちょっと待て！　東宮、どうしたっていうんだ！」

動揺《どうよう》の見て取れた東宮に、夏花も慌ててしまった。文を経机に置いて立ち上がる。

瞬間、また南から北へと、風が吹き抜《ぬ》けた。

今度の風は強く、御簾《みす》が大きく波打つ。

そんな光景に気を取られた夏花の眼前を、銀箔の鈍《にぶ》い煌《きら》めきが横切っていった。

「は……？　あ、えぇ、ちょっと待て！　私の文ぃぃいい！」

風に乗って母屋《おもや》を漂《ただよ》い出た若君からの文は、夏花の叫《さけ》びなど聞かず宙を舞《ま》った。

人が風に追いつけるはずもなく、開け放たれた北側の妻戸から、吸い込まれるように文は外へと飛んで行く。

　夏花の体は咄嗟《とっさ》に動いた。

　ひと息に五衣《いつつぎぬ》を脱《ぬ》ぎ捨て、小袖《こそで》と緋袴《ひのはかま》だけの姿になる。壁代を払《はら》い除《の》け、大きく踏《ふ》み出そうとした夏花は、寸前で動きを止めた。

　小袖で外に飛び出すなど、軽挙妄動《けいきょもうどう》以外の何ものでもない。誰《だれ》かに見られでもすれば、若君を捜《さが》すための足場さえ失う。

　わかっているのに、胸には重く不安が広がり、呼吸さえままならないほどに圧してくる。

　夏花の無言の葛藤《かっとう》に、沢辺も手を握《にぎ》り合わせて見守るしかなかった。

「……お、おぉい。なんだこれ？　どういう状況《じょうきょう》か教えてくれないか？」

　緊張《きんちょう》が高まった母屋に、間延びした声がかけられた。

「門原どの……！」

　東宮《とうぐう》がいた妻戸に姿を現した門原へ、夏花と沢辺は声を揃《そろ》える。

「門原どの、すぐに文を捜して！　若君からの文を！」

　夏花は妻戸を指して必死に訴《うった》える。床《ゆか》に落ちた一枚目の文へと一瞥《いちべつ》を向けた門原は、状況を把握《はあく》したらしく踵《きびす》を返した。

「わかった……っ。姫《ひめ》さま、すぐに捜してくるから、大人しく待っててくれ」

　門原は廊下《ろうか》にも文はないと見るや、高欄《こうらん》を越《こ》えて走り出す。

門原が捜しに出たことで、少し落ち着きを取り戻《もど》した夏花は、深呼吸をして力を抜いた。

「すまない、沢辺。取り乱した……」

「いえ、ご心中お察しします。けれど、ここで世間に反する行いをすれば、いつ誰に見られるやもしれません。目撃者《もくげき》が敵対する者であるなら、姫さまは内裏《だいり》に居続けることはできないでしょう。そうなれば、若君と再会できる手立ては、残されておりません」

目的を見失ってはいけない、と念を押す沢辺に、夏花は己《おのれ》に言い聞かせるよう頷いた。

「うん……うん………。そうだよね、わかってる。着替《きが》えを手伝って、沢辺」

すぐさま沢辺は脱ぎ捨てられた衣《ころも》に手をかける。夏花は振《ふ》り返ると、床に散ってしまった文《ふみ》の半分と封筒《ふうとう》、橘《たちばな》の枝を大切に拾い上げた。

翌日、夏花の目の下は黒く沈《しず》んでいた。

暗くなるまで捜し回った門原は、文は見当たらず、内裏の壁の向こうへ飛んで行ったのかもしれないと言う。

夏花が抱《いだ》く若君の文への価値を知っているからこそ、門原は日も昇《のぼ》り切らぬ内にまた文を捜しに出ていた。

「姫さま、まだ外は暗《くろ》うございます。もう一度お休みなさりませ」

案じる沢辺の声に、夏花は力なく首を横に振る。

「自分の足で捜しに行きたい衝動《しょうどう》を抑《おさ》えることに必死で、眠《ねむ》れなかったんだ。文が戻らないま、眠れるわけがないよ」

将来を約束したとは言え、突然《とつぜん》の別れで夏花の手元に残った証《あかし》は不如帰《ほととぎす》の和歌のみ。それを不注意で失くしてしまったなど、後悔《こうかい》してもしきれない。

鬱々《うつうつ》とすごし、昼になっても門原は戻らなかった。

沢辺も気を揉《も》んで落ち着かない様子。主《あるじ》なのだから大丈夫《だいじょうぶ》だと安心させなければと思っても、すぐに己の不安に気遣《きづか》いは押し流されてしまう。

大きく息を吐《は》き出し、自己嫌悪《けんお》の思いを薄《うす》めようと試みた夏花は、吸う息に乳香《にゅうこう》の甘いけれど爽《さわ》やかな薫《かお》りを感じた。

高価な乳香の薫りをさせる貴公子など、内裏には一人しかいない。

夏花は嘆息《たんそく》を抑えて、壁代を捲《めく》った。昨日と同じ妻戸には、やはり東宮が佇《たたず》んでいる。

東宮は最近では見慣れた小馬鹿《こばか》にするような笑いもなく、夏花と視線を合わせた。

「……酷《ひど》い顔をしているな」

見るからに寝不足《ねぶそく》で意気消沈《いきしょうちん》した夏花に向けられる揶揄《やゆ》。けれど相手にする気にもなれず、夏花は東宮から顔を背《そむ》けた。

「放《ほう》っておいて。今はあんたの相手をする気分じゃない」

夏花は、文箱《ふばこ》に入れた上で文鎮《ぶんちん》を三つ置いた、若君からの文を見下ろした。

覇気《はき》のない夏花に、東宮は訳を問うことも、揶揄を重ねることもない。何故《なぜ》か夏花と同じくらい、東宮も覇気のない様子で妻戸に佇んでいた。

落ちる重い沈黙《ちんもく》に、沢辺だけが様子のおかしい二人を見比べて首を傾げる。夏花の落ち込む理由は知っているものの、昨日から常にない様子の東宮の変化には皆目見当《かいもく》がつかなかった。

無礼を承知で、主は体調不良なのでと、東宮に断りを入れるべきか。そんな沢辺の内心の葛藤が、夏花には見て取れた。

これ以上乳母子《めのとご》を困らせるのは心苦しい。

気持ちを切り替《か》えて夏花が東宮に声をかけようとした途端《とたん》、衣擦れの音が聞こえた。見れば、腰《こし》を折っていた東宮が身を起こす。裾《すそ》を直していたのだろうか、すでに妻戸から半身を返し、帰ろうとしていた。

一度夏花を見つめた東宮は、ほとんど唇《くちびる》も動かさず何ごとかを呟く。

「そんなに………か？」

答えなど望んでいなかったのか、東宮は目を伏《ふ》せて夏花から顔を背けると、何も言わずに人目のない北側へと歩き出す。

引き留める気にもなれず、夏花は無言で見送った。

「姫さま、昨日もそうでしたが、東宮さまは何か、ご用がおありだったのでは？」

「東宮の用事なんて、私に文句を言うだけじゃない」

沢辺の疑問を否定した夏花だったが、確かに普段《ふだん》嫌《いや》みを言いに来る時とは様子が違《ちが》った。嫌みも、結局は夏花が粗相《そそう》をしてしまったことを窘《たしな》めるためという建前があってこそ。今回は窘められるような心当たりもない。

気になった夏花は、もう一度東宮が立っていた妻戸を見つめる。

不意に風が吹《ふ》き、妻戸の敷居《しきい》の向こうに鈍い色の煌《ひるがえ》めきが翻った。

考えるまでもなく、夏花はまた五衣《いつつぎぬ》を脱ぎ捨てて妻戸へ走る。

「ひ、姫さま……！　なりません、なりません！」

慌《あわ》てて追いかけてくる沢辺の声も聞こえず、夏花は妻戸の前で座り込んだ。

銀箔《ぎんぱく》の漉《す》き込まれた文が、檜扇《ひおうぎ》の下で風に揺れている。

何度も手にした文を見間違《みまちが》えることなどありえない。

夏花は、重石《おもし》代わりの檜扇ごと、失くしたはずの若君からの文を胸に抱《だ》き締《し》めた。

「姫さま、どうなさいました？　お加減でも……あ、まぁ！」

沢辺も見慣れた文をひと目で理解し、明るい声を上げる。

「良かった……。良かったぁ…………っ」

安堵《あんど》の思いを絞《しぼ》り出した夏花は、沢辺に促《うなが》されて母屋の中へと戻った。

「門原どのではありませんよね？　いったい、どなたが……？」

五衣を着せかける沢辺の疑問に、夏花も気づいて檜扇に目を向ける。

文を開いて確かめれば、汚《よご》れも傷《いた》みも見当たらない。風に飛ばされてすぐ、回収されたと考えるべきか。

「そうか、さっきの沢辺見てないんだね。……たぶん、東宮だよ」

夏花は檜扇を見下ろし、唇を尖《とが》らせる。

「この檜扇、それに文にも、東宮の移り香《が》が残ってる」

「まぁ、本当に……。そう言えば、若君がお使いだった香《こう》も、乳香を主にした香でしたね」

言われて、夏花は四年で忘れかけていた文の香を思い出す。

文使いの童子が差し出してくれた途端、若君を感じるほど薫っていた。

「ねぇ、沢辺。そう言えばこの文を届けてくれたあの召使《めしつか》いの子。なんていう名前だった？

文使いをしてくれた後、見てない気がする」

「文使いの童子ですか？　さて、覚えがございません。山荘《さんそう》に仕える童子は幾人《いく》もいましたから。ですが、若君からの文を預かったというのでしたら、若君の暮らす山荘の召使いだったのでしょう」

若君がいなくなれば、夏花に会う機会もない。見なくなって当たり前ではないか、と。

「それもそうだね。……返歌を考えるのに時間がかかって、半日も庭で待っててくれたよね。

あの子、今も北山にいるのかな？」

「あぁ、そうでございました。普段、若君とのお遊びに参加しても、あまり顔を上げない童子でしたね」

「そう、そう。少し言葉遣《ことばづか》いの荒《あら》い子だったけど、…………ん？」

匂《にお》いにつられて、何かを思い出した気になった夏花は、記憶《きおく》を摑《つか》もうとした途端、霧《きり》のように消えてしまった感覚に襲《おそ》われる。

何か大切なことを思い出したはず。

そう感じても、消えた記憶はもう一度形を取ってはくれなかった。

「東宮《とうぐう》さまのお出《い》での理由は、これだったのですね。……東宮さまは、この文を見て何をお思いになったのでしょう？」

まだ東宮が若君である可能性を捨てていない沢辺の問いに、夏花は答えを持っていない。

「そんなの、本人に聞くしかないよ。少なくとも、あの東宮は若君が愛用していた香くらいは知ってるみたい。問い詰《つ》めるのはもちろんだけど……次に来たら、お礼、言わないと」

普段どれだけ腹立たしい相手だと言っても、今日の態度が失礼すぎた自覚はある。

何より、大切な文を返しに来てくれたことを思えば、謝罪と共に感謝を伝えなければ。

夏花は内裏に入って初めて、東宮の訪《おとず》れを心待ちにした。

だと言うのに、当の東宮は二日、夏花のいる北舎に姿を現さないまま。

三日目にしてようやく現れた東宮に、夏花は思わず指を突《つ》きつけた。

「やっと来たな！　いつもは呼ばなくても来るくせに、なんでこういう時に空気が読めないいんだ！」

「っ……なんだ、いきなり。こちらには公務がある。空気を読むべきはお前のほうだろう」

突然のことに一瞬唖然《いっしゅんあぜん》とした東宮は、そんな様子を取り繕《つくろ》うように言い返しながら母屋《おもや》に踏《ふ》み入り、額を押さえて項垂《うなだ》れる沢辺に一瞥《いちべつ》を向ける。

「こんな姫《ひめ》の乳母子では、お前も大変であろう」

「いえ、そのようなことは……。滅相《めっそう》もございません」

東宮の言葉に、沢辺はすぐさま否定の言葉を返す。けれどその声は疲《つか》れたように弱々しい。

「あの護衛はいないのか。飼い犬にはきちんと縄《なわ》をつけておけ。いつまでも放し飼いにしていると、思わぬところで怪我《けが》をするぞ」

「門原どのは犬なんかじゃない。失礼なことを言うな」

「俺の周りを嗅《か》ぎ回っているんだ。犬と似たようなものだろう」

「ふぅん……。周辺から、門原どののことについて報告が届いてるんだ？」

問い返す夏花に、東宮は一度口を開くが、結局何も言わずに息を吐いただけ。

門原が接触《せっしょく》したのは若君の従者や学友だ。そこから東宮に報告が届いているなら、従者や学友は東宮の味方ということになる。

その上東宮は門原の存在を、公《おおやけ》に咎《とが》める気はないらしい。どころか、居て当たり前と言わんばかりの態度が、北山の暮らしを知っていると語るようで夏花を困惑《こんわく》させる。

緩《ゆる》く首を振《ふ》り、こんなことを言うために待っていたわけではない、と物思いを振り払《はら》う。夏花は居住まいを正すと指先を揃《そろ》えて頭を下げた。

「先日は、大切な文《ふみ》を届けてくださり、ありがたく存じます。こちらの檜扇をお返しいたしますと同時に、心ばかりの礼物《れいもつ》をお受け取りください」

感謝しているのは本当なので、極力丁寧《ていねい》な対応を心がけた。

夏花の言葉に応じて、沢辺は檜扇と手箱に入れた礼物を東宮へと差し出す。

腕《うで》を組んだまま一瞥した東宮は、視線を泳がせただけで礼物を受け取ることはなかった。

「……知らん。そんな何処《どこ》にでもある檜扇、貸した覚えもない」

白を切る東宮に、夏花も目を細めて言い返す。

「この前来た後、東宮がいた場所にあった。他《ほか》に誰《だれ》がいる？」

「それこそ、私の知ったことではない。文とやらも知らない」

「檜扇にはあんたがつけてるのと同じ香がついて――」

言って、夏花は香の違いに気づく。今日東宮が纏《まと》うのは、三日前とは違う麝香《じゃこう》を主とした薫《かお》りだった。

元もと忍《しの》んで行動するためか、強く香を焚《た》きしめることのない東宮。三日もすれば、身に染《し》みた乳香《にゅうこう》の薫りも消えていた。

夏花が薫りを証拠《しょうこ》に問い詰めると、わかっていてやったのだろう。東宮は肩《かた》を竦《すく》めて夏花の言い分を黙殺《もくさつ》する。

「ひとが、珍《めずら》しく、感謝しようと思ったら、これか？　本っ当に性格が悪いにもほどがあるだろう……っ」

堪《たま》らず声を荒げた夏花に、東宮はわざとらしく呆《あき》れてみせた。

「文と言えば恋文《こいぶみ》だが、お前のような粗忽《そこつ》者に恋文など送る物好きがいるとは考えられないな」

「私が粗忽なら、あんたは粗暴《そぼう》者だろう。慣れてきてる自分も嫌だけど、当たり前の顔をして女人《にょにん》の母屋に入り込むな！」

「ほう、女の自覚があったのか。これはめでたい。その調子で少しは女らしさというものを身につけるといい」

何を言っても嫌みで言い返してくる東宮に、夏花は最初の感謝の気持ちが千々に霧散《むさん》していくのを感じた。

「もうどうでもいいから、さっさとこの礼物受け取って帰れ」

「いらん。そんな受け取る謂《いわ》れもないもの。…………だいたい悪いのは——」

素気なく返す東宮だが、何処かばつの悪そうな表情で言葉尻《ことばじり》を濁《にご》す。

「何？　貰《もら》える物は貰っておけばいい。そして帰れ、今すぐに」

「はぁ、そのような考え方だと、ここでは足を掬《すく》われる。物を渡《わた》される謂れがないのなら、その理由は相手の下心でしかない」

「なんて偏狭《へんきょう》な物の見方をするんだ。どれだけ心荒《すさ》んでるんだか。からからに干上《ひあ》がった田んぼか」

「はぁ、本来貴族の姫君《ひめぎみ》はすぐさま田んぼなんて譬《たと》えが口には出ない。本当にそのそそっかしい言動には気をつけるべきだ」

苛立《いらだ》ちに歯嚙《はが》みした夏花は、何処か違和感《いわかん》を覚えて東宮を睨《にら》み上げた。

「どうした？　少しは己《おのれ》を振り返って改める気にでもなったか？」

そう問いながら、東宮は決して夏花に視線を向けない。何故《なぜ》か東宮は、今日一度も夏花を直視していなかった。

礼物を掲《かか》げていた沢辺に、夏花は首を横に振る。目も合わせない東宮が、礼物を受け取ることはないだろうと思えた。

引き下がった沢辺の気配に、東宮は思わずといった様子で言葉を向ける。

「そんな物を用意するほど、文の相手を今でも思っているのか？」

「当たり前だ。外面《そとづら》だけ繕う東宮より、ずっと素敵《すてき》で立派な人だからね！」

「姫さま……っ」

否定など考えもせず答える夏花に、沢辺は慌《あわ》てて口を挟《はさ》む。

東宮妃《ひ》候補と東宮が顔を合わせてなんの話をしているのか。冷静に考えれば、夏花は東宮の疑問を否定しなければいけない立場だ。

今さら取り繕うつもりもなかった夏花だが、瞬間《しゅんかん》東宮が浮《う》かべた苦し気な表情に目を見開く。

「……そうだろうよ……」

何かを堪《こら》えるように目を閉じ、声にもならない言葉を低く吐き捨《す》てた東宮は、腕を解くと妻戸へ向けて歩き出した。

「え……？　今なんて、東宮……っ。ちょっと待て！」

思わず引き留めた夏花は、言い知れない不安に足を止めない東宮を追って立ち上がった。

「東宮！　こら、人が呼んでるのに無視するな……っ、てもういない」

夏花が追って妻戸から廊下《ろうか》に顔を出した時には、すでに北舎の上に東宮はおらず。

夏花は、すぐさま扇《おうぎ》を開くと廊下へと踏み出た。

「姫さま？　どちらに……っ」

「宣耀殿で、東宮を捕《つか》まえる。東宮は西の宣耀殿から渡殿《わたどの》に登るって門原どのが言ってた」

「そ、そのような！　七殿は私たちが踏み入ることの許されてはいない場所。姫さまが罰《ばっ》されてしまいます」

「踏み入らなきゃいいんでしょ。沢辺、人目を集めてしまうから静かにして」

いつもなら窘《たしな》められる側の夏花の指摘《してき》に、沢辺は気を揉《も》みながらも主《あるじ》の後ろにつき従う。

足早に桐壺まで移動する夏花の動きに、摂津の侍女《じじょ》が気づいて視線を注いでいるのを感じた。

今は東宮《とうぐう》より先に宣耀殿に近寄らなければならない。まだ背後からは摂津の侍女だろう視線を感じるが、夏花は足を止めず南に向かった。

夏花は好奇《こうき》の視線を無視して、北舎の西、宣耀殿の前を通る廊下につく。

七殿へ入るための渡殿から見えるのは、宣耀殿の御簾《みす》だけ。麗景殿に渡られれば、夏花は近づけない。

「……いた……っ」

宣耀殿を挟んだ廊下に、東宮が何食わぬ顔で現れたのが揺《ゆ》れる御簾の間から見える。

人前で声を上げるのは恥《は》ずべき行為《こうい》。夏花は東宮を見つめることしかできない。

けれど色鮮《いろあざ》やかな単《ひとえ》や扇は嫌《いや》でも目につく。何より、夏花が全身全霊《ぜんれい》を込めて睨む気配に、東宮は足を止めた。

無言で東宮と睨み合う夏花。根負けしたのか、様子を窺《うかが》う余人の気配に気づいたのか、東宮は作り笑いを浮かべると、宣耀殿を横切って夏花へと歩み寄った。

「何をやってるんだ、考えなしめ」

穏《おだ》やかな外面で、東宮は低く吐き捨てる。内心の苛立ちを気力で笑《え》みに変え、夏花も煽《あお》り文句を口にした。

「あんたが、人の話も聞かないで逃《に》げるからでしょ」

「なっ……………んだと……？」

「私は若君を忘れていない。東宮との見わけくらいついてる。当たり前でしょ、別人なんだから」

一瞬《いっしゅん》、本当に驚《おどろ》いた様子で目を瞠《みは》った東宮は、己の立場を思い出したのか表情を改める。

「……さて、何を言っているのやら？　妄言《もうげん》を語るためだけにこんなことをしているのか？」

笑みを繕《つくろ》いながら、細めた目でお互《たが》い睨み合っていたところに、夏花の背後から諫《いさ》めの言葉がかけられた。

「姫《ひめ》さま、お言葉を慎《つつし》んでくださいませ。ここは北舎の内ではないのです。東宮さまもどうか、お心をお鎮《しず》めください」

沢辺の尤《もっと》もな指摘に、夏花と東宮は一度目を逸《そ》らす。夏花は追ってまで聞きたかったことを小さく、けれど決意をもって口にした。

「あの文は、東宮にとってどんな意味があるの？　教えて」

「さて、なんのことやら見当もつかない」

間髪《かんはつ》を容《い》れず、東宮は外面のまま微笑《ほほえ》んでとぼける。

「この間来た時から、うぅん、あの文を目にした時から、変だった。自覚ないの？」

伏《ふ》し目になった東宮は、穏やかそうな表情を保ったまま嫌みで返した。

「貴族の姫として変な奴《やつ》に、変と言われてもな。お前から見れば誰でも変なのではないか？」

悪態で遠ざけようとする東宮を、夏花は真っ直《す》ぐ見上げた。

「はぐらかすな」

夏花の強い声音《こわね》に東宮は口を引き結ぶ。

「……私は若君に会いたいだけなの」

若君は何処《どこ》にいるのか。無事なのか。ただ、知りたい。

「東宮は、若君の敵なの？　味方なの？　それくらいはっきりしてくれてもいいじゃないか」

苦痛を耐《た》えるように、東宮の眉間《みけん》が険しくなる。

東宮の周囲には、若君の学友と従者がいた。その誰《だれ》もが今いる東宮を守り仕えているのは、門原の調べでわかっている。

忠勤に強制された様子はないと、門原は言った。もしかしたら、本物の東宮の影武者《かげむしゃ》ではないか、と。

けれど、影武者なら一度も本物が内裏《だいり》に現れないのはおかしい。今上《きんじょう》と会うのもこの目の前にいる東宮で、影武者というよりも成り代わりと言えるほど、若君の姿は見当たらなかった。

「……答えられないのは、敵だから？」

共に北山ですごし遊んだ者たちが、若君を裏切ったとは考えたくない。

そんな思いを隠《かく》した夏花の問いに、東宮は煩《わずら》わしいとでも言わんばかりに睨みつけた。

東宮が見せた怒《いか》りの表情が、否定のためか肯定《こうてい》のためか、夏花には判別がつかない。それでも、心はもう決まっていた。

「東宮、あなたが誰であろうと、私に引く気はない」

何が東宮に苦渋《くじゅう》の表情を浮かべさせるのか、夏花にはわからない。

それでも見つめ続けると、東宮はすぐ後ろの沢辺にも聞こえないような掠《かす》れた声で、堪らないと言いたげに漏《も》らした。

「……もし、側近さえ一人も連れず、二人だけで話すなら――」

摑《つか》みかけた糸口は、迫《せま》る衣擦《きぬず》れに断《た》ち切られる。

「お話し中失礼いたします。ご挨拶《あいさつ》をさせてくださいまし」

「藤大納言《とうのだいなごん》さま……」

現れたのは、侍女六人を引き連れた藤大納言。藤《ふじ》の模様が織り込まれた紫《むらさき》の匂襲《においがさね》を華《はな》やかに着こなし微笑むと、夏花を無視する形で東宮を仰《あお》ぐ。

「ご機嫌麗《きげんうるわ》しゅう、東宮さま。……どうかなさいまして？　慈《いつく》しみに満ちた東宮さまの眼差《まなざ》しが、今日は翳《かげ》っているようでございます」

夏花以外に向けるいつもの笑みを浮かべ損《そこ》ねた東宮は、物言いたげに夏花を一瞥《いちべつ》する。

お前のせいだとでも言いたそうな東宮は、表情を取り繕って藤大納言から後ろへと視線を向ける。

「そうでしょうか。ご心配には及びませんよ。それより大納言の姫君、後ろの者たちは大丈夫《だいじょうぶ》なのですか？」

藤大納言は平然と振《ふ》る舞《ま》っているものの、後ろに続く侍女たちは裾《すそ》を乱し、息も絶え絶え。聞こえていた衣擦れの激しさから、走らないながら全速力で近づいてきたのは夏花にもわかっていた。

「……お気になさらず」

気まずげに一度侍女を振り返ったものの、藤大納言は話題を変える。

「このような場所で、お二人。何をお話しになっていらっしゃったのでございましょう？」

廊下の真ん中で立ち話など、男女では本来ありえない状況《じょうきょう》。

まだまだ問い詰《つ》めたい思いのある夏花は、東宮の動揺《どうよう》を突《つ》くため藤大納言に答えた。

「和歌について、少々。まだ私は拙《つたな》いものですから、東宮さまに教えを請《こ》うておりました」

夏花は動揺の見られない東宮を盗《ぬす》み見る。

「……私は返歌に半日をかけてしまったこともありました。覚えておいでかしら？」

若君の側《そば》にいた者なら知っているだろう過去のできごと。

夏花の言葉に、東宮の目尻《めじり》が跳《は》ねた。けれどすぐさま何ごともなかったように微笑みを深める。藤大納言がいるためか、東宮の外面《そとづら》を崩《くず》すことはできなかった。

「そう……、お二人には歌のやり取りが、おありなのね」

「え……？」

何を言われたのか一瞬わからなかった夏花だが、周囲は若君と東宮が同一人物だと思っているのだ。夏花の発言は東宮との関係の深さを匂《にお》わせている。

説明も否定もできない夏花が視線を逸らすと、藤大納言は唇《くちびる》に力を込めて微笑みを浮かべた。

藤大納言に従う侍女たちからも厳しい視線が投げかけられているのを肌《はだ》に感じる。

声をかけてきた時から不機嫌な藤大納言。気に障《さわ》ることがあっただろうかと、夏花は記憶《きおく》を手繰《たぐ》った。思い出されるのは、梨壺に招かれた礼のため茶を饗《きょう》したことくらいだ。

留学僧が持ち帰った珍品を僧都《そうず》から融通《ゆうずう》してもらったのだが、気位の高い藤大納言にとっては不満の残る持て成しだったのだろうか。

東宮への探《さぐ》りより藤大納言からの敵愾心《てきがいしん》に思考を奪《うば》われた夏花は、突然《とつぜん》放たれた言葉を聞き逃《のが》した。

「――では夏花君、子《ね》の日の宴《うたげ》において、わたくしと漢詩の詠《よ》み比べをしてくださいまし」

東宮さえ驚く気配に、思考に耽《ふけ》っていた夏花も藤大納言を見る。返されるのは、美しいけれど目の奥に好戦的な光を宿した微笑《びしょう》。

「和歌よりもお得意だと聞き及《およ》んでおります。夏花君に有利であるくらいが、わたくしと競《きそ》うにはほど良いかと。まさか、ご自身の得意分野でお逃げにはならないでしょう？」

話を聞いておらず、向けられる言葉の敵意に固まる夏花の隣《となり》で、東宮が待ったをかけた。何《な》故《ぜ》か、夏花に一瞥を向けて黙考《もっこう》する。

「………互いに研鑽《けんさん》なさる姫君《ひめぎみ》方のご意志を尊重したいとは思いますが、一つ条件を設けさせていただきましょう」

「あら、まぁ。漢詩は殿方《とのがた》の教養。東宮《とうぐう》さまにおいてはお止めになるかと思いましたわ」

「まさか。前東宮妃《ひ》さまの得意とされた教養ですから、それを理由にお止めする謂《いわ》れはございません。ただ、漢詩を詠む姫君を男勝《まさ》りと嫌《きら》う向きがあることも否定いたしませんが……。私も東宮の立場として、表立って東宮妃候補が争うという場を乱す行いは止めねばならない。ですから――」

東宮は愛想《あいそ》笑いを浮《う》かべたまま一度言葉を切った。

夏花は何故漢詩について話しているのかがわからず、会話に入ることもできない。

「条件は、誰にも競っていることを悟《さと》られないようにしていただくこと」

この場で話しているのは夏花と藤大納言、その侍女《じじょ》たち。当事者は他言しないこと。そして、ことを遠目に見守る摂津と城介も口を挟《はさ》むなという指示。

夏花は、御簾《みす》を捲《めく》って様子を窺《うかが》う摂津と、妻戸の陰《かげ》から覗《のぞ》く城介の存在に、今さらながら気づく。

漢詩や争うという言葉で、夏花もどんな状況に陥《おちい》ったのかおぼろげながら理解した。

これだけしっかり漢詩勝負の成り行きを知られていては、今内裏にいる者に悟られないはずがない。東宮が言う誰にもとは、宴の参加者を指しているのだろう。

「元より、品位を落とす真似《まね》はいたしませんけれど、条件の真意をお聞かせくださいまし」

東宮妃の座を争う東宮妃候補は、互いに競い合う関係。今さら暗黙《あんもく》の了解《りょうかい》を否定するような条件を提示する東宮に、藤大納言は問う。

「前東宮妃の生まれ変わりを探すという勅命《ちょくめい》ですが、見定めはあくまで今上陛下のお心次第《しだい》。争いごとを嫌った前東宮妃の生まれ変わりと言われる東宮妃候補が、公《おおやけ》に競うのは……」

東宮は言葉を濁《にご》し、目を伏《ふ》せる。つまり、前東宮妃の生まれ変わりを今上に認めてもらうには、勝負ごとに乗り気ではいけないのだ。

「あら、まぁ。我が身の至らなさを省《かえり》みるとともに、東宮さまのお心遣《こころづか》い感謝いたします。女御《にょうご》さまも、東宮さまのような聡明《そうめい》な御子《みこ》を授《さず》かり、誇《ほこ》らしくお思いでしょう」

我が意を得たりとばかりに、藤大納言は応じる。東宮は笑《え》みで誤魔化《ごまか》したが、夏花の目には女御と言われた途端《とたん》に目の奥に暗い光が宿ったように見えた。

女御とは、藤大納言の血縁者《けつえん》。今上の第一子である顕貞親王を産み、表向きは東宮の腹違《はらちが》いの弟である皇子を養育する、国内で最も位と権力の高い女性だ。

若君の生母にして、東宮が母として敬うべき貴人。そんな相手にどうして、と夏花が疑念を抱《いだ》くと、東宮の眼光には気づかなかった藤大納言が口を開いた。

「東宮さまが仰《おっしゃ》るなら、わたくしに否《いな》やはございません。よろしいわね、夏花君？」

競って漢詩を発表したなどと知られては、品位を疑われる。藤大納言は、東宮の提案に一も二もなく頷《うなず》いた。

いつの間にやら、漢詩勝負を受ける前提で進んでいる。夏花は後に引けない状況を思って、嘆息《たんそく》を飲み込んだ。

東宮までもが承認《しょうにん》しては、もはや断れる勝負でもない。夏花は意を決し微笑《ほほえ》んだ。

「えぇ……、承知いたしました。そのお申し出お受けしたく存じます」

「姫《ひめ》さま……っ」

沢辺の切羽《せっぱ》詰まった声音《こわね》に込められた懸念《けねん》は痛いほどわかる。

勝敗の基準の決まっていない勝負なのだ。仮令《たとえ》夏花のほうが漢詩の腕《うで》が上でも、漢詩を詠む機を間違《まち》え周囲に不快を与《あた》えれば、東宮妃候補として不適と今上《きんじょう》に見做《みな》される可能性さえある。

藤大納言の狙《ねら》いはそこだったのだろう。

今上に前東宮妃の生まれ変わりと認めてもらえるかもしれない子の日の宴は、後見の不確かな夏花たちが東宮妃になる絶好の機会。

けれど藤大納言との勝負を受けた夏花は、好機どころか失敗すれば東宮妃候補からも転落してしまう危《あや》うい立場に追い込まれた。

だと言うのに、勝負を放棄《ほうき》する選択肢《せんたくし》は残されていない。

ならば、何もせずに負けるより、努力して勝ちを得ようと夏花は藤大納言をひたと見据《みす》える。

不意に、口元を隠《かく》した東宮が、余人には聞こえない声音で囁《ささや》いた。

「北山に帰る準備をしておくんだな」

「な……っ」

怒鳴《どな》りそうになる激情を、夏花は扇《おうぎ》を握《にぎ》り締《し》めて耐《た》える。

東宮は夏花が負けると思って、藤大納言《とうのだいなごん》との漢詩勝負をお膳立《ぜんだ》てしたのか、と。

「……昔のことはもう忘れろ」

勝手なことを言い置いて、東宮は麗景殿へと戻《もど》って行く。

同時に、囁かれた言葉には自戒《じかい》のような侘《わび》しさがあるような気がして、夏花は去る東宮の背中を見つめた。

「……ふふ、それでは子の日の宴を楽しみにしておりましてよ」

東宮が居なければ用もないと言わんばかりに、藤大納言は踵《きびす》を返す。

「えぇ、こちらこそ」

夏花の声を聞いているのかいないのか、満足げな藤大納言は、自信を振《ふ》り撒《ま》くように堂々と梨壺へと戻って行った。

「い……、如何《いかが》なさるおつもりですか、姫さま？」

動揺を抑《おさ》えきれない沢辺の声音に、夏花も気後《きおく》れしそうになる。

それでも引く気はないと東宮に宣言した言葉を、己《おのれ》から反故《ほご》にはできない。手を考えなければと、夏花は呟《つぶや》く。

「そうだよ、このまま北山になんて帰れるわけないもの。帰れるわけ……、山……？」

東宮の言葉に従うものかと奮起しようとした夏花は、脳裏《のうり》に浮かぶ人物に希望を見出《みいだ》す。

「沢辺、北舎に戻ろう。すぐに文《ふみ》を出さなくちゃ……っ」

言うが早いか、夏花はまた、沢辺を置いていく勢いで廊下《ろうか》を邁進《まいしん》し始めた。

四章　疑惑の宴

新年初の子《ね》の日。賑《にぎ》わいが遠ざかって久しい内裏《だいり》は、かつての華《はな》やかさを思い出していた。子の日の遊びと呼ばれる野遊びから帰った者たちの衣《ころも》の色が、内裏を彩《いろど》るように揺《ゆ》れている。一刻の後行われる宴のために、侍女や従者はもちろん、昇殿《しょうでん》できない白張《しらはり》たちも準備に動き回り、人の気配が途絶《とだ》えることはない。

「久しぶりに疲《つか》れたぁ……！」

北舎に戻った夏花は、満足げに脇息《きょうそく》に凭《もた》れる。

野遊びは、内裏の外へ出て若菜を摘《つ》み、羹《あつもの》にして食べることで千代を祝う行事だ。貴族の娘《むすめ》が野に出ることさえ珍《めずら》しい上に、若菜を摘むという名目で好きに動けたことは、夏花にとっていい気晴らしになった。

額を押さえて嘆息した沢辺に、夏花は慌《あわ》てて居住まいを正す。

お説教を覚悟《かくご》した夏花は、背後から投げかけられる叱声《しっせい》に眉《まゆ》を顰《ひそ》めた。

「はしゃぎすぎだ。ここは北山じゃないと何回言えば覚える？」

壁代《かべしろ》を勝手に捲《めく》って母屋《おもや》に入って来たのは、動きやすい狩衣《かりぎぬ》姿の東宮だった。

人の出入りが多い日だというのに、誰《だれ》に見つかることもなく抜《ぬ》け出してきたらしい。

「そっちこそ、勝手に母屋に入るなと何度言えばわかるんだ」

藤大納言に漢詩勝負を挑《いど》まれて以来、三日ぶりに顔を合わせた途端《とたん》憎《にく》まれ口。ただ、お互《たが》いに口にする言葉はいつも同じだった。まるで、挨拶《あいさつ》代わりの符丁《ふちょう》のように。

「それに、野遊びは若菜摘みを楽しむものだろう。楽しんで何が悪いんだ」

お小言を聞く気はないと言わんばかりに、夏花は顔を背《そむ》けた。

宴《うたげ》の準備で東宮が忙《いそが》しかったとは知っている。それでも漢詩勝負を挑まれて以来会いに来ない東宮に、夏花は何処《どこ》か突《つ》き放されたような気がしていた。

「自分の状況《じょうきょう》がわかっていないらしい。……今からでも藤大納言に謝ってみるか？　素直《すなお》に負けを認めれば許してくれるかもしれないぞ」

また目を合わせようとしないことに苛立《いらだ》ち、夏花は東宮の煽《あお》りに尊大な答えを返す。

「誰がそんなことするもんか。負けると決まったわけでもない」

「だから状況がわかっていないと言うんだ。藤大納言とでは地力が違《ちが》う。本人の才覚を補って余りある親族が、藤大納言にはいる。現に、藤原家の著名な漢詩の名人たちと文を交《か》わし教えを乞《こ》うた上で藤大納言は今日を迎《むか》えた。本当に大丈夫《だいじょうぶ》だと言い切れるのか？」

夏花が負けるとしか思っていない東宮は、嫌《いや》みなのだろうが、案じているとも取れる忠告を寄越《よこ》した。

「そんなに藤大納言を不戦勝にさせたいの？　こっちにだって漢詩の名人のあてくらいある。北山、北山と言う割に僧都《そうず》とそのご友人たちの卓抜《たくばつ》した才能を知らないのか？」

「……なるほど。文使いを走らせたのはそういうことか」

思案するように目を細めた東宮は、東宮妃《ひ》候補が内裏から派遣《はけん》した文使いの動向を、全《すべ》て把《は》握《あく》しているとでも言うようだ。

「監視《かんし》なんて趣味《しゅみ》悪い……」

身を引いて呟く夏花に、東宮は不本意そうに顔を顰《しか》めた。

「監視じゃない……。管理だ」

ふと、夏花の脳裏に過日の文使い、流の姿が過《よぎ》る。東宮の座にいる限り、監視の目は東宮自身にも向けられるもの。流のような間者は、東宮に有用な存在だろう。やはり、流は東宮の下についているのだろうか。

考え込む夏花の沈黙《ちんもく》をどう取ったのか、東宮は誤魔化すように憎まれ口を叩《たた》いた。

「……それで？　宴の間に漢詩を詠《よ》む算段はついたのか？　宴の参加者に手を回して漢詩を詠んでも不自然ではない状況を作り出すことはできないぞ。漢詩を詠むには、自らの話術が必要となる」

「人脈も話術もないだろうって言いたいの？　余計なお世話だよ。そんな状況にしたのは東宮じゃないか。それらしいこと言って、漢詩勝負を他言無用にしたのはそういう嫌がらせか」

柳眉《りゅうび》を逆立てる夏花に、東宮は不遜《ふそん》に笑って肩《かた》を竦《すく》める。

「けど、手回しできないのは藤大納言さまも同じでしょ。話術が劣《おと》ったとしても、機さえ摑《つか》めれば私にだって勝機はあるんだ。――勝負は、宴の酔《よ》いの内」

篝火《かがりび》を焚《た》いて宵《よい》の内も続く宴。時が経《た》つほど参加者の酔いは深まり、夏花が漢詩を詠んでも気にも留めなくなるだろう。勝負を焦《あせ》ってはいけないと、夏花は胸中で呟く。

「ほぉ、その程度は考えているのか。初日から藤原家に喧嘩《けんか》を売る考えなしだと思っていた」

冷ややかに言い放つ東宮に、夏花は口角を下げた。

初日とは、藤大納言への返歌で不如帰《ほととぎす》を詠《うた》ったことを指すのだろう。最初に退室した東宮が、東宮妃候補のやり取りを知っている理由など一つしかない。

「知ってるんだ？　やっぱり監視じゃないか。何をそんなに怯《おび》えているんだか」

「……ここでは壁に耳が生えてるとでも思うんだな。――それで？　漢詩は形になったんだろうな。勝負は何も詩のできだけではないんだ。所作、服装、言葉選び。全てに気を遣《つか》っても、藤大納言に及《およ》ばない自覚を持て。もしくは恥《はじ》をかく前に辞《や》めるのも手だ」

勝負の前から負けを認めろと勧《すす》められ、夏花の我慢《がまん》も限界を超《こ》えた。

「本当に何しに来たんだ、あんたは！　邪魔《じゃま》したいだけなら帰れ！」

夏花が腕《うで》を振って声を荒《あら》げた途端《とたん》、黙《だま》って成り行きを見守っていた沢辺が止めに入る。

「姫《ひめ》さま、きっと東宮さまは姫さまが恥をかかないよう、ご心配をなさって仰《おっしゃ》っているのです……っ」

沢辺の取り成しの言葉に、東宮は大きく肩を揺らした。

訝《いぶか》しげに夏花が東宮を凝視《ぎょうし》すると、せせら笑うように唇《くちびる》の端《はし》を上げてみせる。

「ほら、絶対違うって。私の不安を煽って邪魔しようって気なんだよ」

夏花が沢辺に顔を向けた途端、東宮はまた壁代を捲《めく》り上げた。

「ふん、用件は最初に言った。はしゃぎすぎてへまをするな。競《きそ》っていることが他《ほか》にばれないよう注意を払《はら》え。俺の下にいる限りは、従うんだ」

「あんたの下になった覚えはない！」

夏花の否定に、何処か気遣《きづか》わしげにも感じる表情を浮《う》かべて、東宮は母屋の外へと出て行く。

東宮が北舎から出て行くまで睨《にら》んでいた夏花に、沢辺は項垂《うなだ》れた。

「姫さま……。お願いでございますから、宴の間にはくれぐれもお言葉《ことば》遣《づか》いに気を配られませ」

「う……、い、今のは東宮がいたからで………」

「宴では、その東宮さまのお側《そば》に侍《はべ》ることになるのですよ？」

「それは大丈夫。だって東宮が無礼になるの、私といる時だけなんだから」

不服そうな夏花に、沢辺は困ったように頬《ほお》に手を添《そ》えた。

「それだけ、お心をお許しになっていらっしゃるのではありませんか？」

「そんなんじゃないよ。……きっと、周りにいい顔するのに疲れてるんだ。若君は自然にやってたことが、真似《まね》してるだけの東宮には辛《つら》いんだよ」

東宮が若君であるという可能性を捨てていない沢辺の困り顔に、夏花は東宮に感じる若君との違いを言い募《つの》った。

「東宮は元が正直じゃないんだよ。絶対、根性《こんじょう》が途中《とちゅう》で固結《かたむす》びになってる」

「姫さま。固結びとなると、途中に瘤《こぶ》があるだけで、性根《しょうね》は真っ直《す》ぐな方ということになりますよ」

言葉に詰《つ》まった夏花を前に、沢辺は嘆息《たんそく》だけして話題を変える。

「はぁ、ともかくお召《め》し物を替《か》えましょう。宴用の物をお持ちいたします」

「あ、待って沢辺。その前に行きたいところがあるの」

場合によっては止めると目顔で語る沢辺に、夏花は慌てて説明した。

「ほら、東宮が不安煽るからさ。一度、琵琶《びわ》の様子を見に行きたくて」

「宴で使う楽器は、すでに宣耀殿に運び込まれておりますね」

夏花は上目に沢辺を見て訴《うった》える。

「ふぅ、姫さまの良いように。今日は宴のために七殿への出入りは許されております。お止めする理由もございませんので、お供いたしましょう」

折れてくれた沢辺に礼を言い、夏花はさっそく北舎を出る。

「……んぁ？　あれ、姫さま何処行くんです？」

寝《ね》ぼけたような声を上げて、廊下《ろうか》から庭へ降りる階段の下から門原が顔を出した。

「そんなところに潜《ひそ》んでいたの、門原どの。——宣耀殿に楽器を見に行くんだ」

「それじゃ、俺もお供しますよ。床下《ゆかした》にいますんで、ご用があれば床を三回叩いてください」

緊張感《きんちょうかん》なく笑う門原に、沢辺は心配そうな顔を向ける。意に介《かい》した様子もなく、門原は廊下の下へと消えた。

「沢辺、今さら門原どのを心配してもしょうがない。着替《きが》えの時間も必要だし、行こう」

夏花は、表面上沢辺だけを連れて北舎を離《はな》れた。

外出で疲《つか》れたのか、いつもはすぐ侍女《じじょ》が様子を見に来る桐壺の前を通っても、誰も顔を出さなかった。

宴は、北端《ほくたん》の貞観殿《じょうがんでん》を中心に、基礎《きそ》だけ造ってある南の常寧殿《じょうねいでん》を舞台《ぶたい》代わりに使う。宣耀殿は荷物置き兼《けん》、控《ひか》えの間だと夏花は聞いている。

沢辺が開く妻戸から中に入ると、蔀《しとみ》全てが下ろされた室内は暗かった。

「控えの侍女なんかもいないのかな？」

「姫さま、お言葉遣い……」

沢辺の指摘《してき》に首を竦めた夏花は、誤魔化《ごまか》すように道具置きとなっている塗籠《ぬりごめ》へと向かった。

室内の暗さに慣れた夏花は、行く先から引き戸を動かす音を聞く。

「誰《だれ》ぞ、控えておろうか？」

素早《すばや》く扇《おうぎ》を開いた夏花は、塗籠のほうへと声をかけた。瞬間《しゅんかん》、息を呑《の》む気配と共に慌《あわ》ただしく動く衣擦《きぬず》れの音が続く。

訝しんだ夏花は、屈《かが》んで床を三度叩いた。そのまま塗籠の入り口に至ると同時に、塗籠の向こうに消える何者かの長い五衣《いつつぎぬ》の裾《すそ》が見える。

塗籠の入り口を見れば、閉めそこなったらしい引き戸は半開き。

「どう思う、沢辺？」

「余人の声に驚《おどろ》き逃《に》げる者なら、良からぬことを企《たくら》んだと考えるのが普通《ふつう》かと」

夏花は頷《うなず》き、塗籠の中へと入った。辺りには熱した油の臭《にお》いが漂《ただよ》い、逃げ去った者が暗い塗籠に灯《あか》りを持ち込んだ周到《しゅうとう》さが窺《うかが》えた。

「姫さま、琵琶はこちらに。暗《くろ》うございますので、一度外へ――」

持ち出そうとする沢辺の横から、夏花は素早く琵琶に指を這《は》わせる。琵琶本体に傷つけられた様子はなかったが、弦《つる》に指を走らせた夏花は息を呑んだ。

「沢辺、三番目の弦に傷がある。この弦は、張り替《か》えたばかりのものだったよね？」

「は、はい。宣耀殿に運ぶ前に、傷《いた》んでいたのでその弦は張り替えました」

沢辺の肯定《こうてい》の声に応じて、夏花は自ら琵琶を抱《いだ》いて妻戸へ戻《もど》る。明かりに照らした琵琶の弦には、小さいながらしっかりと切り込みが入っていた。

「弦の繊維《せんい》は真っ直《す》ぐに断《た》たれている。これは、誰《だれ》かが刃物《はもの》で傷をつけたんだ」

「いったい誰が……！　そのような細工をされていては、演奏中に姫さまがお怪我《けが》をしてしまいます！」

強く打てば、弦は弾《はじ》けるだろう切り込み。悪戯《いたずら》と言えるほど、可愛《かわい》いものではない。

「沢辺、このことを他の東宮妃《ひ》候補にも伝えて。みんな弦楽器《げんがっき》を使うんだ。もし他の楽器にも細工がされていたら、その人が怪我をしてしまう」

夏花の指示に、沢辺はすぐさま頷き行動に移す。

事態を報《しら》せに走った沢辺を待つ間、夏花は半蔀《はじとみ》を開き、塗籠周辺に明かりを招いた。

「夏花君、いったい何ごとでございましょう？　すでに内裏《だいり》には今上《きんじょう》陛下もおなりだというのに」

騒《さわ》ぎを起こすなと叱責《しっせき》するのは藤大納言《とうのだいなごん》。

「楽器に悪戯されたなんて、何処《どこ》で誰の怨《うら》みを買ったやら」

他人《ひと》ごとで笑うのは摂津。

「弦が切られていたと言うのは本当だろうか？」

真面目《まじめ》に確認《かくにん》のために来たらしいのは、城介だけだった。

それでも、東宮妃候補自ら足を運び、塗籠の中の楽器を取り出して様子を確かめる。すると次々に驚きの声が上がった。

「……緩《ゆる》んでおります。確かに今朝、調音していつでも弾《ひ》けるよう用意しましたのに」

「なんやの……！　うちの箏《そう》の弦切れかけてる。いったい誰の仕業《しわざ》なん！」

「わたくしの和琴《わごん》も、気づきにくい程度に弦が緩んでいる。これでは音が濁《にご》る……っ」

作為《さくい》を疑うべき状況《じょうきょう》に、東宮妃《とうぐうひ》候補の侍女たちもざわめきだした。

「夏花君、犯人見てへんの……っ？」

怒《いか》り心頭といった様子で、摂津はお国言葉を口にする。

「摂津君、一度落ち着いてくださいませ。……心中はお察ししますが、お言葉が乱れておいでですよ」

勢いに押されながら夏花が指摘すると、摂津は顔を真っ赤にして口元を袖《そで》で覆《おお》う。そんな様子に、藤大納言は嘲笑《あざわら》うかのように顎《あご》を上げた。

「っ……それで！　どうなのですか？」

羞恥《しゅうち》を怒りに変えて、摂津は夏花に答えを迫《せま》る。

「え、えぇ。誰かが、塗籠からお逃げになったのは、確かです。けれど、五衣の端を垣間見《かいまみ》ただけですので、女人《にょにん》であろうということしか。……そう、単《ひとえ》は白であったかと」

身を乗り出して聞く摂津に押され、夏花は見たことを告げた。途端に、東宮妃候補の侍女たちが、互《たが》いの裾に目を光らせ、白い単を着た侍女数人を睨みつける。

藤大納言と城介の侍女に一人ずつ、摂津は本人も白で、侍女にも一人白い単がいた。

「お、お待ちください……っ」

そう声を上げたのは、睨《にら》みつけられた侍女の一人。藤大納言のすぐ後ろに控えた侍女だった。

「何故《なぜ》夏花君はこちらにおいでになったのですか？」

「え、それは……ですね……」

思い浮《う》かぶのは東宮の顔。けれど東宮に煽《あお》られて不安になったからなどとは言えない。

「今日の宴《うたげ》は今上陛下もお出《い》でになる、とても重要なもの。我が君は万全《ばんぜん》を期すべく、御自《おん》ら楽器の確認をせんと、休む間を惜《お》しんで行動なさったまでのこと」

沢辺は夏花に代わって口を開く。けれど侍女は焦《あせ》ったような表情で問いを重ねた。

「自ら塗籠に足を運ばれてなさることですか？　楽器を取ってくるよう人を遣《や》れば済むことでしょう？」

乱れた精神を立て直した夏花は、ゆっくりと袖を持ち上げ笑う雰囲気《ふんいき》で答えた。

「持ち運びにも気を遣《つか》うほどの名器を、お持ちでないのかしら？」

侍女を飛ばして藤大納言へ視線を送れば、予想どおり藤大納言は文句をつけようと必死な侍女を下がらせるべく手を挙げた。

侍女も主人の心中を察し、慌てて核心《かくしん》を口にする。

「本当にその、怪《あや》しげな何者かをご覧になったのですか……っ？」

「何を仰《おつしや》りたいのかしら？」

侍女の意図を察した夏花は、自然声音《こわね》が険しくなった。

「そ、そもそも、言うだけなら誰でもできます。けれど、ここに居なければこのような悪戯はできません。ならば、この場に最初からいらした夏花君こそが、弦に細工をなさった当人ではないのですか？」

「そんなのは暴論です！　姫《ひめ》さまを疑うなど、いったいどういう了見《りようけん》ですか！」

藤大納言の侍女に、夏花より早く沢辺が怒りを露《あら》わにする。夏花は沢辺を目顔で宥《なだ》めて、あらぬ疑いをかける侍女に向き直った。

「わざわざ自分で切って、自分でばらすなど、いったい何がしたいのやら。そんなことをする理由がないではありませんか」

「確かに、騒ぎを起こして私たちの平静を失わせるにはいい手ですわね」

「え……っ？　摂津君？」

思わぬ方向から侍女への掩護《えんご》が飛び、夏花は摂津を見る。

摂津は疑いの眼差《まなざ》しで夏花を見返し、空気が張り詰《つ》めていくのが肌《はだ》で感じられた。

「白い裾というのも、自分たちには疑いが向かないように適当に言えますしね」

「ま、まぁ、そのような勘繰《かんぐ》りをなさるだなんて。私が怪しげなものを見たのは、事実にございます」

厚意で報せたはずが、思わぬ雲行きに夏花は冷や汗《あせ》を浮かべる。

さらに城介までも摂津の主張に頷いた。

「ふむ……。事実、害が出ているのは確か。そして夏花君には害をなす動機がある」

「誰を疑っても、切りのないことではございませんの？」

東宮妃候補は東宮妃というただ一つの座を争う者同士。夏花がそう反論しても、摂津はもはや犯人扱《あつか》いで口を挟《はさ》む。

「誰でも怪しいのでしたら、この場に最初にいた方が、一番怪しいのではないかしら？」

「早とちりをなさらないでくださいませ。私は見たままを言ったまでのこと。この場の誰を疑ったつもりもございませんわ」

取り成そうとした途端《とたん》に、摂津が夏花を見つめたまま口を開いた。

「でも、こんな嫌《いや》がらせをする理由がある者を考えると、ねぇ……？　今宵《こよい》の宴は今上陛下から東宮妃と認めていただける大変な好機。誰かが失敗すれば、その分己《おのれ》の得になるというもの」

夏花への嫌疑《けんぎ》を深める発言をする摂津に、藤大納言の後ろで最初に言いがかりをつけた侍女《じじょ》も頷いた。

「摂津君の仰るとおり。やはり、言い出した夏花君が怪しいかと」

「自分の弦まで切る必要はないではありませんか」

「それこそ、己が被害者《ひがいしゃ》という言い訳を作るための小賢《こざか》しい工作ではないのですか？」

「そんなあくどい考え方、いったい何処で身につけられたのかしら？」

どうしても犯人にしたいのか、と夏花は藤大納言の侍女に不快を隠《かく》さない視線を向ける。摂津にも同じように牽制《けんせい》の視線を向けると、城介が物思いを払《はら》って声を上げた。

「すまないが、ことは我々の手に余ると思うのだが」

「ではどう落とし前をつけるおつもり、城介どの？」

摂津は意味ありげに夏花を一瞥《いちべつ》する。その仕草は完全に夏花への罰《ばつ》を問うていた。

このままでは犯人にされかねない。

夏花が嫌疑を晴らそうと口を開くより先に、城介が迷いなく意見を述べた。

「落とし前をつけるということ自体、私たちの手に余ると言っているんです。そんな権限、我々にはない。内裏で起きたことなのだから、今上陛下にお伝えするべきかと」

「え……、そこまでするのですか？」

いきなり今上に申し立てるという城介の提案に、夏花はつい心中が口をついて出た。

今上に報せるということは、自然、東宮の耳にも届くだろう。夏花が言い出したことと知れば、問題を起こすなと東宮に文句を言われそうだ。

「あら、まぁ。後ろ暗いことがなければなんの問題もないはずですわね」

夏花の不用意な言葉に、藤大納言の目にも疑いの色が浮かぶ。

「もちろん……、後ろ暗いことはないのですけれど、宴を前に騒いだと思われるのは不本意ではありませんこと？」

夏花の指摘《してき》に、多くの親族が招かれている藤大納言《とうのだいなごん》は一理あると思ったらしく考え込む。

「まぁ、騒《さわ》ぎにはせず私たちの平静を失わせることが目的なら、上手《うま》い言い訳ですわね」

摂津が口を挟んでくると、城介が纏《まと》めるように言った。

「夏花君、ここまで疑われてはあなたの立場がない。宴での風聞を気にかけるようなら、まずは東宮さまに――」

「私が何か？」

突然《とつぜん》上がった返事に、東宮妃候補たちは一斉《いっせい》に半部《はじとみ》を顧《かえり》みた。通りかかった風情《ふぜい》で、開いた半部の向こうに東宮が立っている。

「東宮さま……！」

慌《あわ》てて平伏《へいふく》する者たちに楽にするよう伝え、東宮は宣耀殿に入ると穏《おだ》やかな声音で問う。

「華《はな》やかなお声が聞こえたもので。何故皆《みな》が集まっているのか、教えてもらっても？」

一番近くにいた城介が、平伏したままでことのあらましを伝える。

「実は、楽器に悪戯《いたずら》されておりまして――」

「何故かこちらにいらしていた夏花君が、発見したそうですわ」

摂津はもはや夏花を犯人扱いで言いつけた。

北舎では決して見られない優《やさ》しい微笑《ほほえ》みを浮かべた東宮は、城介と摂津に頷《うなず》いてみせる。

「それは、私が楽器の具合を聞いたからでしょう」

「え……？」

東宮妃候補《とうぐうひ》は声を揃《そろ》えて東宮を見た。もちろん、夏花も。

夏花の声に、藤大納言は訝《いぶか》しむ様子で顔を向ける。

東宮は夏花に向かって笑《え》みを深めてみせるが、言外に合わせろと圧をかけられているのは肌で感じた。

「時分を考えれば、先ほど話をしてすぐ様子を見に来たのでは？」

「は、はい……。ご明察のとおりにございます………」

疑いを逸《そ》らせるという安心感と共に、夏花は悔《くや》しさを隠すために頭を下げる。

不安を煽られてまんまと指図に乗ったような敗北感を覚えた。

「……そういうことは最初に仰ってくださいまし」

変に言い淀《よど》むから勘繰った、と藤大納言は不満顔で文句を囁《ささや》く。

「自分だけ東宮さまにお声がけいただいたという優越《ゆうえつ》感かしら？」

東宮に聞こえないよう早口に言う摂津は、夏花を睨んだ。

「いいなぁ……。あ、う、ごほん………！　し、しかしそうなると、いったい誰《だれ》が？」

東宮にも聞こえる声音で言ってしまった城介は、誤魔化《ごまか》すように言葉を継ぐ。

夏花が楽器を見に来た理由づけはできたものの、弦《つる》に細工をした犯人ではない証拠《しょうこ》にはならない。

夏花が偶然《ぐうぜん》見つけなければ、宴《うたげ》の中でことは露見《ろけん》し、今上《きんじょう》の前で失敗するところだったのだ。

何者かが、害意を持って細工をしたことは事実。宴を邪魔《じゃま》したい者の存在に、東宮妃候補たちは緊張《きんちょう》を高めた。

「皆の不安は尤《もっと》もなこと。けれど、今上陛下もおられる中、問題が露見しては皆に不埒《ふらち》な噂《うわさ》が立つことも危《あや》ぶまれる。ここは、私に預けてくれないだろうか？　私が良く話を聞いて対処を。ここにも人を配し、見張らせることを約束しましょう」

東宮は、落ち着いた様子で微笑む。心配はいらないと請《う》け合う姿に、東宮妃候補たちは息を吐《つ》いた。

「さぁ、皆野遊びで疲《つか》れたでしょう。宴までに少しでも休んで、良い音を聞かせてください」

東宮が己の裁量で解決すると言うのなら、これ以上の発言は東宮を疑うことになる。

説明を求められた夏花以外の東宮妃候補は、侍女を連れて退出して行った。

衣擦《きぬず》れの音が遠のき、夏花は無言で床《ゆか》を見つめる。

長い沈黙《ちんもく》の末、吐き出されたのは東宮の溜《た》め息だった。

「はぁ………。お前は、何をしてるんだ？　軽挙は控《ひか》えろと何度言ったと思っている？」

予想どおりの叱責《しっせき》に、夏花は不服の思いと共に言い返す。

「うぅ……。気づかないより、ましじゃないか」

「お前の護衛が機転を利《き》かせなければ、あのまま犯人扱いだっただろう……っ」

「え、門原どの？」

そう言えば、と夏花は辺りを見回した。すると、東宮妃候補たちが閉めていった妻戸が開かれ、締《し》まりのない笑みを浮《う》かべた門原が顔を出す。

「はぁい、姫《ひめ》さま。いや、俺姿見せるわけにもいかないし、助っ人《と》呼んできた」

「なんで……、東宮なの………っ？」

門原のお蔭《かげ》で助かったのは確かだが、飲み込めない思いを吐き出す。

「逆に、こんな不審《ふしん》者、俺以外の誰の前に出せると言うんだ？」

呆《あき》れ返った様子で嘆息《たんそく》する東宮に、夏花は目を光らせた。

「ふぅん？　東宮の前なら、門原どのも出ていいんだ？」

放し飼いにするなと文句を言われたことはあっても、東宮が門原を肯定《こうてい》するのは初めてのことだった。

東宮自身も失言と気づいたのか、強引《ごういん》に話を変えた。

「ともかく……っ、あらましは門原どのから聞いた。この件は私が預かる。余計な詮索《せんさく》はせず、さっさと宴の準備にかかれ。まだ野遊びのまま着替《きが》えてもいないだろう」

夏花を引き留めたのは、軽挙を叱《しか》るため。追い払うように手を振《ふ》る東宮に、夏花は立ち上がりながら呟《つぶや》く。

「……偉《えら》そうに」

「偉いからな。相応の態度というものがある」

お前にも、と言外に返す東宮が何者であれ、東宮として申し分ない態度ではある。だからこそ、余計にわからない東宮の心中に、夏花は愚痴《ぐち》を吐くように呟いた。

「いつも北山に帰れって言うくせに……っ。今のも東宮が庇《かば》わなきゃ、私を無実の罪で内裏《だいり》から追い出せたかもしれないのに何で助けたんだか」

東宮は思わぬことを言われたかのように目を瞠《みは》る。何故《なぜ》か視界の端《はし》で、門原が口の端を上げて意地悪そうな目を東宮に向けていた。

「べ、別にお前を陥《おとしい》れたいわけじゃない。勘違《かんちが》いをするな。北山に帰れと言うのも、お前の不用意な言動や行動が目に余るからだ。自分の行いを省《かえり》みてみろ」

初日の直言から、七殿手前まで東宮を追った行動を思い出し、夏花は視線を泳がせる。

「はぁ、自覚はあっても改善する気はないのか。…………死んでからじゃ、遅《おそ》いんだぞ」

「ふ、…………ふん、だ！」

何を大袈裟《おおげさ》なとは思うものの、言い返せない夏花は精いっぱいの反抗《はんこう》でそっぽを向く。

仕草の幼さからか、東宮は一度呆気《あっけ》に取られると、危うく噴《ふ》き出しかけて横を向いた。

「ふ……っ、くく。なんだそれは？　やはり自覚くらいはあったんだな」

「あぁ、もう………っ。助かったのは、本当だから言っとくけど……ありがとう」

逃《に》げるように妻戸を出た夏花は、背後に東宮が堪《こら》え切れず笑う声を聞いた。

歯嚙《はが》みしながら足早に北舎へ戻《もど》り、夏花は妻戸を閉めてすぐに門原へと声をかける。

「門原どの、犯人を見た？　東宮妃候補たちがいたから、東宮を呼んだんだよね？」

急《せ》いた夏花の呼びかけに応じて、別の道を戻った門原が柱の陰《かげ》から姿を現す。

良かれと思った行動で犯人と疑われ、弱みを見せたくない相手に助けられた悔しさに、夏花は門原を睨《にら》むように答えを促《うなが》した。

「見ましたけど……、東宮から他言無用って言われちまって」

「何それ。私にも……っ？」

眉《まゆ》を顰《ひそ》める夏花に、門原は平身低頭して詫《わ》びる。

「すいません、それが……。一番姫さまには教えるなって言われちまいました、はは」

誤魔化すように苦笑いする門原に、沢辺も納得《なっとく》する。

「犯人がおわかりになったら、姫さまが何をなさるか、想像がつきますものね」

犯人がわかれば、嫌疑《けんぎ》を払《はら》うためにも動くつもりだった夏花は、東宮にまで読まれていたことに頭を抱《かか》えた。

「今は宴に集中なさったほうがいいですって。東宮がことを預かったのもそのためでしょうよ」

門原の指摘に、夏花は負け惜《お》しみとわかりつつ、言わずにはおれなかった。

「そんな気遣《きづか》いできる奴《やつ》には、思えないけどな……っ」

困ったように顔を見合わせる沢辺と門原に、夏花は子供染《じ》みた意地を張っている己《おのれ》を宥《なだ》めようと深呼吸をした。

「でも、漢詩勝負のこともあるし、こんなことで集中を乱しちゃ、駄目《だめ》だし。うぅ、東宮の思いどおりなのが気に食わない……っ。けど、弦を切って失敗させようとした犯人は必ずいる。邪魔しようとする誰かの思惑《おもわく》に乗らないように、しなきゃ」

もう一度深呼吸をすると、夏花は指示を出した。

「着替えよう。沢辺は準備をして。門原どの、本当は人目が多すぎて内裏の外に出ていてもらいたかったけど――」

「そんな水臭《くせ》ぇこと言わないでくださいよ。ちゃんと、犯人を見張っときますって」

東宮に指示されたのは口止めだけ。門原は独自に、弦に細工をした犯人を探ると応じた。

門原は音もなく去り、夏花は沢辺の手を借りて宴用の着物に袖《そで》を通す。

青の単《ひとえ》を着て、黄色い花山吹《はなやまぶき》の五衣《いつつぎぬ》を重ねる。赤く艶《つや》のある生地《きじ》の打ち衣《ぎぬ》を纏《まと》い、さらに重ねる紅梅の表着には、宴の席を寿《ことほ》ぐ花の文様が織り込まれていた。

白い裳《も》の上に艶やかな黒髪《くろかみ》を流せば、咲《さ》き初《そ》めた花のような姫君《ひめぎみ》ができあがる。

「姫さま、お言葉遣《ことばづか》いには、くれぐれも、くれっぐれも、ご注意くださいませ」

「わかって——、こほん。心配は無用です。沢辺も早《はよ》う、身を整えなさい」

夏花が沢辺の小言を回避《かいひ》し、準備を終えて待っていると、ほどなく宴への案内が現れる。

案内に従い北舎を出た夏花は、すでに多くの人の気配が立つ七殿《でん》へと渡《わた》った。

ふと視線を上げれば、渡廊《わたろう》の先に東宮《とうぐう》が立っている。東宮に声をかけられた案内は、夏花を残して離《はな》れていった。

「余計なことはするなよ。弦《つる》に細工された件はいったん忘れろ。こっちも東宮として大人しくしておかなければいけないんだ。——門原どのは？」

「門原どのは犯人の見張りだよ。……東宮が余計なこと言うから。どうしてそう口うるさいかな？　あ、漢詩勝負を他言無用にしたのは、自分が関《かか》わるのが面倒《めんどう》だったからなんじゃ？」

声を潜《ひそ》めて文句を言う夏花に、東宮は呆れ疲れたように嘆息した。

「……本当にこのまま宴に参加するのか？　少しは——」

「漢詩勝負のこと？　くどい。私に引く気はない」

もう叱責は聞きたくないと夏花が睨めば、東宮は歯噛みして言葉を飲んだ。

「違《ちが》………、もういい。せいぜい、その華《はな》やかな装いに見合った慎《つつし》みを持て」

気持ちを切り替《か》えるように一度目を閉じた東宮は、夏花を挑発《ちょうはつ》するように口の端を上げてみせた。対抗心《たいこう》を抱《いだ》いた夏花は、沢辺に見せるような芝居《しばい》がかった姫君を演じてみせる。

「ほほ、お戯《たわむ》れを。東宮さまとて、凜々《りり》しく匂《にお》やかな晴れ姿。恥《は》じぬ行いをなさいませぬと」

夏花が唇《くちびる》に笑《え》みを浮かべてみせれば、東宮は肩《かた》を揺《ゆ》らすほど身を硬《かた》くする。笑うなり、軽口に乗るなりしてくれなければ、夏花も反応のしようがなく、おかしな沈黙《ちんもく》が間に漂《ただよ》った。

なんとはなしに目を合わせるのも気まずい雰囲気《ふんいき》のまま、夏花は宴《うたげ》の席へと移動する。

内裏北端《ほくたん》の貞観殿には、まだ空《から》の褥《しとね》が天蓋《てんがい》の下に据《す》えられていた。

東宮妃《ひ》候補に用意されたのは、空の褥が据えられた母屋《おもや》を囲む廂《ひさし》の、南東部分。廊下《ろうか》を隔《へだ》てる御簾《みす》の向こうには、見たこともない公達《きんだち》がさざめいている。

几帳《きちょう》に仕切られた隣《となり》を窺《うかが》えば、東宮妃候補たちも緊張《きんちょう》の面《おも》持ち。ただの緊張ではなく、隠《かく》しきれない敵愾心《てきがいしん》が漏《も》れていた。

間仕切り代わりの几帳と空席を挟《はさ》んだ右隣には藤大納言《とうのだいなごん》。紫《むらさき》を表に、青や紅《くれない》を重ねた紫村《むらさきむら》濃《ご》の襲《かさね》が京貴族としての品位を物語るよう。

藤大納言のさらに向こうに坐《すわ》る摂津は、春らしい紅の薄様《うすよう》を纏《まと》っている。紅白のはっきりした色目は、御簾越《ご》しにも華やかに映ることだろう。

夏花の左に坐る城介は、萌黄《もえぎ》の匂《におい》を纏っていた。濃淡《のうたん》の萌黄色が若々しい芽吹《めぶ》きを感じさせ、凜《りん》とした城介の雰囲気を際立《きわだ》たせる。

衵扇《あこめおうぎ》を広げて交《か》わす視線には、弦に細工した犯人を疑う嫌《いや》な感情が見え隠れしていた。

ひりつく空気が満たす廂に、微笑《ほほえ》みを浮かべた東宮が現れ座に坐る。

「いや、今日も凜々しいことだ。東宮さまにおかれては早《はよ》う東宮妃さまをお選びになりたいことだろう」

「凜々しい？　あの方は仏門に傾倒《けいとう》した及《およ》び腰《ごし》の御子《みこ》と聞いているぞ。東宮妃もお母上のお家から招くことが決まっているとか」

「なんの、学者のように聡明《そうめい》で争いを好まぬとお聞きしている。だいたい、東宮妃をお決めになるのは今上《きんじょう》陛下であろう」

こそこそと囁《ささや》き合う公達の評価に、夏花は内心脱力《だつりょく》した。

東宮妃候補のみならず、公達の誰《だれ》も東宮の本性《ほんしょう》を知らないようだ。それだけ周到《しゅうとう》に装った東宮の外面《そとづら》の向こう、若君に繋《つな》がる手がかりを得ることはできるのか。

夏花は挫《くじ》けそうになる己を叱咤《しった》し、今はこの宴を乗り越《こ》えなければならないのだと己を鼓舞《こぶ》する。

そうして今上を迎《むか》えるため、全員が深く頭を下げた。

「あのお方が、今上陛下……」

今上の口上が終わり顔を上げた夏花は、御簾越しのぼんやりした輪郭《りんかく》を捉《とら》えようと目を凝《こ》らす。

あれが、若君の父なのだという感慨《かんがい》はあるが、為政者《いせいしゃ》としての威《い》を感じることはない。

「あまり似てらっしゃらないな」

城介の呟《つぶや》きに、夏花は内心頷《うなず》いた。今上が東宮に似ていないのはもちろん、若君ともさして似ているとは思えない。

南西の廂には、若君の生母である女御《にょうご》がいる。距離《きょり》があって窺い知ることはできないが、女御もまた若君と東宮の違《ちが》いに気づかなかったのだろうか。

夏花が嘆息《たんそく》すると、東宮は一瞥《いちべつ》を向けるが、面《おもて》には東宮として繕《つくろ》った白々しい笑みを浮《う》かべている。

東宮はおもむろに宴を楽しむよう東宮妃候補に声をかけ、早々に座を立った。漢詩勝負を見ないふりするためだろう。

今上や女御へと挨拶《あいさつ》に向かう東宮は、朗《ほが》らかな笑みを絶やさず、相対する若君の両親にも異変は見受けられない。誰も若君がいないことに気づかない現状に、夏花はうら寂《さみ》しい思いを胸に秘《ひ》め、扇に隠れて唇を噛《か》んだ。

「……そう言えば、どうして東宮は大人しくしていなきゃならないなんて……」

宴の前に呟いた東宮の言葉が思い出される。何処《どこ》か緊張した様子だったのは気のせいか。

そう疑ってみれば、女御と御簾越しに言葉を交わす東宮の作り笑いが、小揺《こゆ》るぎもしないと気づいた。ずっと同じ表情のまま。まるで、女御との会話に細心の注意を払っているかのように。

「……東宮妃の候補となる姫君《ひめ》たちは、やはりどこか違うな」

御簾越しとは言え、近くに坐《ざ》した公達が互《たが》いに囁き合う声が夏花の耳に届いた。

「しかし、大納言家以外の姫は地方貴族なのだろう？　あぁ、橘は……いや、変わらぬか」

「京の外から来てこそ山野に隠れた美姫《びき》のありがたみがあろう。あの要件に合致《がっち》した姫君なのだ。なんぞ深い縁《えにし》のあってこそ」

「いや、いや。考えてもみろ。橘、源氏《げんじ》、平氏《へいし》、どれも皇室に由来するお血筋だ。軽《かろ》んじるべきではない」

東宮妃候補が招かれたということで、夏花たちは見世物《みせもの》状態で座り続けることになる。公達が批評を繰《く》り広げる中続けられた準備により、貞観殿の向かいに設《しつら》えられた舞台《ぶたい》へと、内教坊《ないきょうぼう》の舞姫《まいひめ》たちが登った。

ようやく好奇《こうき》の目から解放された夏花が息を吐くと、庭に席を作られた楽人たちも演奏を始める。

優雅《ゆうが》に踊《おど》る舞姫の、裾《すそ》が揺れ、袖が翻《ひるがえ》る。一糸乱れぬ踊りの妙《みよう》は、神懸《かみが》かり的な神秘を感じさせた。

「はぁ……、素晴《すば》らしいな」

城介は東宮と初めて出会った時のように瞳《ひとみ》を潤《うる》ませ、今までの暮らしでは縁《えん》のなかった歌舞《かぶ》の荘厳《そうごん》さに魅《み》せられる。

踊り手が代わり、唐風《とうふう》の衣装を纏う踏歌が始まると、摂津も物珍《ものめずら》しさからか嘆息した。

「あぁ……、これが内裏《だいり》の暮らしなんや」

言を呈《てい》した。

「ふふ、この程度で大層お喜びでございますのね」

水を差すように藤大納言が笑う。楽しんでいた夏花も、いつもより攻撃的《こうげき》な藤大納言へと苦言を呈《てい》した。

「良いものを良いと褒《ほ》めることに、どのようなご不満がおありなのでしょう？　宴を楽しむ余《よ》裕《ゆう》もおなくなりですか？」

漢詩勝負を前に、緊張しすぎだと言外に指摘《してき》すれば、藤大納言は眦《まなじり》を決した。

「なんと仰《おつしや》って……っ？」

夏花の指摘が図星だったのか、藤大納言の白い頬《ほお》に珍《めずら》しく赤みが差す。

藤大納言が言い返そうと口を開くより早く、城介が宥《なだ》めるように口を挟んだ。

「お二人とも、東宮さまのお達しをお忘れなきよう、心がけねば」

他《ほか》の目もある、と城介は目顔で御簾の向こうを示す。

東宮妃候補に近い場所の公達は、廂の中の不穏《ふおん》な空気を察したのか、御簾の中を窺っていた。

不承ぶしょうながら、藤大納言が開きかけた口を閉じると、端《はた》で成り行きを見ていた摂津がせせら笑うように言った。

「軽はずみなことをなさるから、宴を楽しむ余裕もなくすのでしょう。せいぜい気を揉《も》んでいてくださいな。失敗でもしていただければ、私はより楽しませてもらえますもの」

「あら、まぁ。どうしてこう不遜《ふそん》な方が多いのでございましょう？」

はしたない、と見下げるように目を細める藤大納言に、摂津は負けじと言い返す。

「一番の不遜は、花の盛りを己《おのれ》の功と思い違い、生まれに胡坐《あぐら》をかいた藤大納言さまではございませんこと？」

藤原家の後見があれば、東宮妃《とうぐうひ》になることも容易。妃《きさき》に関しては、藤原同士で誰の娘《むすめ》を入内《じゅだい》させるかを争うほどなのだ。

今上が特殊《とくしゅ》な条件をつけなければ、東宮妃になっていたのは誰の目から見ても藤大納言だった。摂津にもわかっているだろうが、あえて否定する強気は、宴に際しての緊張の裏返しに見える。

摂津共々普段《ふだん》よりも好戦的なのは、やはり弦《つる》に細工されたという妨害《ぼうがい》を目にしたためだろう。警戒《けいかい》は自然、同じ場所に並ぶ東宮妃候補に向かったようだ。

速い心音を感じて、夏花は己もまた場違《ばちが》いを感じてしまう華《はな》やかな宴と、身に迫《せま》る悪意に緊張していることを自覚する。

いったい誰が、弦に細工をして邪魔《じゃま》しようとしたのか。暗い中で目にした犯人を思い出そうとした夏花は、宴に集中しなければ、と慌《あわ》てて頭《かぶり》を振《ふ》る。

東宮が周囲を騙《だま》し込んでいるのなら、その正体を暴《あば》けるのは自分しかいない。この宴で失態を犯《おか》してしまえば、東宮を探《さぐ》ることも、若君を捜《さが》すこともできなくなってしまうのだ。

やらなければ、と気負う夏花の耳に、何処かで和歌を詠《よ》み始める声が聞こえた。

漢詩を詠む者はいないか、と考えてしまう己を制し、夏花は時機を待つ。

「……どうやら狙《ねら》いは同じようですわね」

動かない夏花を横目に、藤大納言《とうのだいなごん》が探りを入れてくる。夏花は答えず笑みを向けて、視線で御簾《みす》の外を示した。

「さて、藤大納言さまはお忙《いそが》しい様子。ほら、またご親族がお見えのようですよ」

藤原の名を冠《かん》する公達《きんだち》は、女御へのご機嫌伺《きげんうかが》いの後に、東宮妃候補となった藤大納言へと声をかけに来る。

藤大納言が親族の相手をしている間に、好機が来ることを願うが、そう旨《うま》くはいかないものだ。

藤大納言の次に挨拶が訪《おとず》れるのは摂津だった。源氏所縁《ゆかり》の公達が様子を見に来ているようだが、摂津の振る舞《ま》いは何処か他人行儀《たにんぎょうぎ》に見える。

緊張《きんちょう》しているように見えるのは、共に暮らす内に愛想笑《あいそ》いがわかるようになったからだろうか。

そんなことを夏花が考えていると、御簾の外から聞こえる漢詩を詠む声に気づいた。

舞台の舞姫を唐土《とうど》の天女《てんにょ》に譬《たと》えて詠《うた》うのは、若い公達。漢詩の腕《うで》が良いとは言えないようだ。

右を盗《ぬす》み見れば、藤大納言も漢詩を詠む公達に気づいている。ちょうど親族の挨拶も途切《とぎ》れてしまっていた。

夏花は酒食の進んでいない現状を見直して躊躇《ためら》う。まだ酒は回り切っていない。ここで下手に声をかければ、周囲の視線を集めてしまう。また公達よりも漢詩を上手《うま》く詠っては、若い公達の顔を潰《つぶ》したと顰蹙《ひんしゅく》を買う可能性もあった。

すぐには動かない藤大納言も、漢詩を詠むにあたり、無闇《むやみ》に関心を集めてしまうのは避《さ》けたいようだ。

互いに膠着状態《こうちゃくじょうたい》。

けれどこの機を逃《のが》して次に機会が巡《めぐ》るかはわからない。漢詩を一度しか詠んではいけないと決めたわけでもないのだ。

夏花は意を決して詠いかけようと息を吸い込んだ。

「……………くすん……っ」

可愛《かわい》らしく鼻にかかった掠《かす》れ声。

いつの間にか御簾の中には湿《しめ》った雰囲気《ふんいき》が漂《ただよ》い、人の目を集めていた。夏花に遅《おく》れて気づいた藤大納言も、右手の掠れた泣き声を凝視《ぎょうし》する。

そこには、着物の袖《そで》を涙《なみだ》で濡《ぬ》らした摂津が、可憐《かれん》な様子で泣いていた。

「……如何《いかが》なされました？」

背後に控《ひか》えた侍女《じじょ》が声をかけると、摂津は小さく愛らしい口から嘆息を吐き出す。

「宴《うたげ》の素晴らしさ、集《つど》う方々の深い情趣《じょうしゅ》、何よりこのような宴を主催《しゅさい》なさる今上《きんじょう》陛下の尊さを思うと……、うぅ、自然と涙が零《こぼ》れてしまうのでございます」

ほろほろと涙が頬を伝うさまは、摂津の繊細《せんさい》な心映《こころば》えを表しているように見える。

摂津の言葉を聞いた公達の中には、もらい泣きする者もいるが、この場合、唖然《あぜん》と見つめる夏花たちより正しい反応であると言えた。

内裏に限らず、京貴族の社会通念として、感動し涙できない図太さは嫌《きら》われる。情の細やかな愛らしさを誰《だれ》より早く印象づけた摂津は、すぐさま人々からの関心を向けられることとなった。集まる目の中には、もちろん今上からの視線も含《ふく》まれている。

「なんと……、卑怯《ひきょう》な…………いや、一つの才能だろうか？」

困惑《こんわく》した呟《つぶや》きを漏《も》らす城介にさえわかっていた。

摂津が嘘泣《うそな》きをしたのだと。

今までの言動を見ていては、今さら東宮妃候補を誤魔化《ごまか》せはしない。けれど、初対面の公達にはとても効果的な演出と言える。

誰より早く今上の注意を引く摂津のやり方は、城介が言うように一つの才能として認められるほど、狡猾《こうかつ》で巧《たく》みだ。

「ずいぶん気を散らしてくると思えば、このような企《たくら》みが……っ」

してやられた、と藤大納言も悔《くや》しげに呟く。

「失敗を待つなんて、言っていたこと自体が誘導《ゆうどう》……？」

夏花は漢詩を詠む機を潰された現状に気づき、摂津の周到《しゅうとう》さに戦慄《せんりつ》する。

今上に東宮妃と認められるかもしれないこの宴にかけた、東宮妃候補の覚悟《かくご》を夏花は甘く見ていた。

五章　手繰り寄せた真実

「まさか、あんな伏兵《ふくへい》がいらっしゃるなんて」

普段なら誰よりも自信に溢《あふ》れる藤大納言が、口惜《くちお》しげに項垂《うなだ》れる。

同じ気持ちの夏花も、嘆息《たんそく》を袖に隠《かく》した。

「ふふん。言いましたでしょう？　胡坐をかいていてはいけないと」

摂津は嬉《うれ》しげに笑い、伏兵こと、城介へと視線を投げる。

「……その、『凡《およ》そ戦いは、正を以《もっ》て合い、奇《き》を以て勝つ』と言うので」

正攻法《せいこうほう》だけでは勝てない。奇策《きさく》を扱《あつか》う者こそ勝利を摑《つか》む。兵法を用いて実践《じっせん》したのだと言う城介を、藤大納言は悔しげに見つめた。

「それで、わたくしたちより先に漢詩をお詠みになりましたの？」

「うむ。他言無用とは言われていても、参加するなとは言われていなかったので。問題はなかったかと」

夏花は、藤大納言との漢詩勝負に横やりを入れられたのだ。

しかも城介には漢詩の才があったのである。驚《おどろ》いた夏花は、藤大納言共々対処が遅れた。

夏花は後手に回りつつも、城介に続いてなんとか漢詩を詠んではみたものの。自然、最初に漢詩を詠んだ城介のほうが人々の記憶《きおく》に残る。

藤大納言などは、立て直しに時間がかかったせいで、さらに微妙《びみょう》な空気が流れることになってしまった。

思わず同情の視線を向けた夏花に、藤大納言は息を呑《の》んで睨《にら》み返す。

「夏花君……っ。これは引き分けでございます」

羞恥《しゅうち》で頰《ほお》に血の昇《のぼ》った藤大納言の負け惜《お》しみに、夏花は頷《うなず》いてみせた。

「ええ、私たちの負けですわね」

「負けてなど……」

「鮮《あざ》やかな手並みだったではありませんか。良いものは良いと、認めるべきでございましょう？」

これ以上の醜態《しゅうたい》をさらすべきではない、と夏花が忠告すると、藤大納言は勝ち誇《ほこ》って笑う摂津に向き直った。

「……この程度で、わたくしに勝った気にならないでくださいまし」

本来の争いは、東宮妃《とうぐうひ》の座を狙うこと。それで言えば、まだまだ藤大納言が優勢。

面白《おもしろ》くなさそうな顔をする摂津に対して、城介は戦いを前にした武士のように静かに応じた。

ていた。


「もちろんです。正攻法は、これからなのだから」

今、夏花たちは宣耀殿で待機していた。女楽のための準備が、貞観殿で行われているのだ。

本当の勝負は、いかに今上の目に留まるか。磨《みが》いた楽の腕をどれだけ発揮できるかにかかっていた。

「おべっかを聞き慣れた京貴族の腕前《うでまえ》が、どれほどのものかしらね？」

自信たっぷりの摂津の挑発《ちょうはつ》に、藤大納言《とうのだいなごん》は負けじと冷笑《れいしょう》を浮《う》かべてみせる。

「あら、まぁ。片田舎《かたいなか》で本物を聞いたことがございまして？」

二人が睨み合っていると、準備が整ったと案内の声がかかる。ふと城介が安堵《あんど》の息を吐《つ》いた。

「良かった。どうやら楽器が壊《こわ》されるようなことはなかったらしい」

問題なく呼ばれたのならと、城介が他意のない様子で呟く。途端《とたん》に、また東宮妃候補の間に敵愾心《てきがいしん》が漂った。貞観殿に戻《もど》る足取りは、薄氷《はくひょう》の上を歩くような緊張感《きんちょうかん》を孕《はら》む。

すでにどんな失敗も許されない状況《じょうきょう》。沢辺が差し出す琵琶《びわ》を抱《かか》え込み、夏花は丁寧《ていねい》に一本一本弦《つる》の張りを確かめた。

御簾《みす》の向こうには、拍子《ひょうし》の笛を持つ楽人が準備万端《ばんたん》で東宮妃候補を待っている。女楽を聞くため、今まで母屋《おもや》の内にあった今上の褥《しとね》も、屏風《びょうぶ》や敷物《しきもの》、畳《たたみ》を据《す》えて廂《ひさし》に用意されていた。

東宮も藤大納言と夏花の間に坐《すわ》り、女楽に合わせて唱歌を披露《ひろう》する段取り。

全員の準備が整うと、拍子の楽人が音を出す。応じて、夏花も撥《ばち》でぶった。

遅れず藤大納言は和琴《わごん》を爪《つま》弾き、流麗《りゅうれい》な音色を響《ひび》かせる。爪音《つまおと》に淀《よど》みがない。

「お聞きなさい。和琴は扱いが難しい楽器のはずが、爪音に淀みがない。耳の肥えた公達《きんだち》であっても、この鍛錬《たんれん》を積んだ教養の深さは疑えますまい」

「何を。あの箏《そう》の繊細な音は目立たないように見えて、他《ほか》の楽器の合間を計って絶妙《ぜつみょう》な存在感を出しておる。この演奏の面白さがわからぬとは……」

　ほくほく顔で語る公達の横で、摂津に扇《おうぎ》を差し向ける者がいた。品評に興が乗ったのか、さらに城介へと扇を動かした。

「あの者の琴《こと》など、確かに上手《うま》いが、前者二人に比べると華《はな》やぎに欠ける。ただ、合奏としてみれば、音を下支えする良い技量を持っているのが、誰にでもわかるであろう」

「となると、琵琶はひと打ちの音が良く伸《の》び、いつまでも耳に残る妙《たえ》なる音。撥捌《さば》きは力強くも優美。見ても面白い。……ただ合奏であることを考えると、音を伸ばしすぎておるなぁ」

　好き勝手に品評が交《か》わされる中、東宮が歌い始めた途端、辺りには感嘆《かんたん》の息が広がる。

　若く伸びやかな唱歌が人々の心を震《ふる》わせていると、不意に朗々とした声が東宮に重なった。

　驚き、夏花は危うく弾《ひ》き損《そこ》ねるところだったが、何度も練習したために、体が勝手に正しい弦《あや》を打ってくれる。

　隣《となり》の東宮も歌いながら目を瞠《みは》り、突如《とつじょ》歌い出した今上《きんじょう》を注視した。

「ほぉ、今上陛下も興がお乗りのご様子」

驚きながらも、公達は親子の歌を面白い趣向《しゅこう》と見なして受け入れる。中には、素晴《すば》らしいことだと涙《なみだ》する者さえ出ていた。

思わぬ成り行きに、今上を見ていた夏花は、御簾越《みすご》しでも感じる強い視線を受け止める。今上に注目されていると知り、北山で習った師の教えを反芻《はんすう》しながらひと打ち、ひと打ちに神経を集中させた。

唱歌も終わらぬ中、突然《とつぜん》声を途切《とぎ》れさせた今上は袖《そで》で顔を隠す。響く弦の合間に聞こえるのは嗚咽《おえつ》だった。

さめざめと泣きだす今上の感極《かんきわ》まった様子に、東宮妃候補の演奏に熱が入った。

そんな中、夏花はすぐ隣で息を呑む気配を感じる。

華やかに奏でられる女楽の中、ぶつっと、紐《ひも》の切れる音を聞いたのは東宮だけだった。

「御簾が……っ」

東宮は突然片膝《かたひざ》を立て、几帳《きちょう》を押し退《の》ける。突然の狼藉《ろうぜき》に驚いた夏花だったが、東宮が天井《てんじょう》を睨み据えていることに気づいた。

同時に、御簾が不穏《ふおん》に波打つ。

次の瞬間《しゅんかん》には、繊維《せんい》の擦《こす》れる騒《さわ》がしい音を立てて、夏花の目の前の御簾が梁《はり》から落下した。

「きゃぁぁああ！」

誰《だれ》からともなく悲鳴が上がり、東宮妃候補たちは慌《あわ》てて袖や几帳で顔を隠す。

夏花も顔を隠そうと動いたが、抱えた琵琶が邪魔《じゃま》で腕《うで》が上がり切らない。

不特定多数に顔を見られるという、妙齢《みょうれい》の女人《にょにん》にあるまじき醜態を思って、夏花の顔からは血の気が引いた。

「こっちだ……！」

怒鳴《どな》りつけられるような強さで声をかけられたかと思うと、強く腕を引かれる。

取り落とした琵琶が不協和音を響かせるが、東宮に抱き竦《すく》められた夏花は動けなくなった。

東宮の腕に抱き込まれ、すぐ近くに息遣《いきづか》いを感じる。強い力で抱き寄せられたままの夏花は、いつにない東宮の強い声音《こわね》を聞いた。

「御簾が落ちたぞ！　姫君《ひめぎみ》たちを誘導《ゆうどう》せよ！」

東宮の命令に、驚き慌てていた侍女《じじょ》たちが、奥の御簾を捲《めく》り上げ、几帳にぶつかりながらも己《おのれ》を盾《たて》として主人を奥へと逃《に》がし始める。

「ひ、姫さまぁ……！」

ほとんど東宮に遮《さえぎ》られて見えないが、夏花は袖の隙間《すきま》から奥を覗《のぞ》き見た。袖で顔を隠した沢辺は、目に涙を溜めて膝行《しっこう》し近寄ってくる。

応じようと身じろいだ夏花に、東宮は抱く腕に力を込めた。

「まだ動くな。人が集まってきている。その撥も置いていけ」

廊下《ろうか》に集《つど》う公達の気配に、夏花は握《にぎ》り締《し》めていた撥を下に置く。

「このまま下がる、沢辺、道を空けろ」

「は、はい……っ」

東宮の胸に抱かれて何も見えないまま、夏花は宣耀殿まで足早に移動させられた。

他の東宮妃候補は、貞観殿の奥の廂に移動しただけでここにはいない。

「俺は戻る。お前を狙《ねら》ったものかもわからん。今はここにいろ」

険しい面持《おもも》ちでそう命じた東宮は、従者に見張りを任せて貞観殿へと戻って行く。

「………びっくりしたぁ……」

力強い腕の感触《かんしょく》を確かめるように肩《かた》を撫《な》で、夏花は茫然《ぼうぜん》と呟《つぶや》く。

突然御簾が落ちたこともだが、まさか東宮に抱き締められるとは思わなかった。

速い鼓動《こどう》と熱い頬は、驚きのためだろうか。

「い、いきなり御簾が落ちたのでございます。東宮さまが隠《かく》してくださらなければ……っ」

己のことのように心配し、未《いま》だ目元の濡《ぬ》れる沢辺の言葉に、夏花は否定もできず頷いた。

「うん。そうだね、大恥《おおはじ》をかくところだった」

そうならないよう、東宮が動いてくれたのは、否定できない事実だ。

「もしかして、助けてくれた？　今までのことも、沢辺が言うように心配してくれてた？」

「そう言ってるじゃありませんか」

夏花の呟きに、沢辺は今さらかと呆《あき》れて涙を拭《ぬぐ》う。

「でも帰れとか、相応《ふさわ》しくないとか言うし……」

「姫さまの北山での暮らしぶりをご存じなら、恥をかく前にと思っても仕方ありません」

窮地《きゅうち》を救ってくれたせいか東宮《とうぐう》の肩を持つ沢辺に、夏花も無闇《むやみ》に熱い頬《ほお》を擦って首を捻《ひね》る。

「うぅん？　でも、若君ではないんだよなぁ」

そこだけは譲《ゆず》れない、と言いつつ、夏花は助けてくれた東宮の頼《たの》もしさを思い出し、落ち着かない。男性に抱き締められたことなど、今までなかった経験だ。

立場上大人しくしておくと言っていた東宮が、夏花を助けるために動いてくれたことを思えば、今までのような無礼な対応は見直すべきだろう。

楽器の弦に細工をした犯人に疑われた時、門原に呼ばれたとは言え助けに現れてくれたのも、夏花を案じてのこと。夏花を陥《おとしい》れたいわけじゃないと言っていた東宮の言葉を、真面目《まじめ》に受け止めなかった己の幼稚《ようち》さが恥《は》ずかしい。

夏花が自省していると、従者の応答する声が聞こえ、御簾を避《さ》けて東宮が戻ってきた。

気恥《きは》ずかしさに顔を俯《うつむ》けた夏花だったが、東宮の険しい声音が耳に入る。

「御簾の紐が何者かによって断《た》たれていた。他の東宮妃候補の御簾はなんともなかった。これは、お前を狙った嫌《いや》がらせだ」

「え……っ？　わざわざ今上陛下がいらっしゃる宴《うたげ》でそんなことを？」

夏花には嫌がらせをされる心当たりもなく驚《おどろ》くと、東宮は手近な柱に拳《こぶし》を叩《たた》きつけた。

「くそ、いったい誰がいつ細工をしたんだ……っ」

激昂《げっこう》しているらしい東宮に、夏花は驚きのまま疑問を口にする。

「どうして東宮が怒《おこ》るんだ？　自分が被害《ひがい》に遭《あ》ったわけでもないのに」

「……っ！　ここの管理をしているのは俺だ。俺の、不手際《ふてぎわ》になるから、腹が立っただけだ。

──そう言えば、怪我《けが》はないか？」

そっぽを向いて言い訳を絞《しぼ》り出したかと思えば、東宮は話を変えようとするのかそんなことを聞いてくる。

「だ、大丈夫《だいじょうぶ》。御簾が当たるような距離《きょり》でもなかったし」

無意識か、東宮は安堵《あんど》の息を吐《つ》く。

沢辺は東宮に気づかれないよう、夏花の脇《わき》を突《つつ》いた。

さすがに本気で心配してくれているらしいと、夏花でもわかる。もう疑う余地はない。

口が悪い、言い方が悪い、態度が悪いと文句をつけても、真意を見ようともせず反発していた自分が、夏花は恥ずかしくなった。

同時に、きちんと話さなければいけないと意気を新たにする。若君の行方《ゆくえ》を問い質《ただ》すよりも、東宮が何故《なぜ》内裏《だいり》にいるのか、何を考えて遠ざけようとしたのかを知らなければいけない。

大人しくしていなければと言っていたのに、咄嗟《とっさ》に夏花を庇《かば》う大胆《だいたん》な行動に出てくれたのだから。東宮の正体を暴《あば》くのではなく、東宮という人物をもう一度見つめ直さなければ。

そう考えていた夏花は、力強い腕に抱き込まれた感触を思い出した。顔から火を噴《ふ》きそうなほど心臓が暴れ出す。

突然のことに胸を押さえて混乱していると、東宮の従者が来訪者の存在を告げた。

「失礼いたします、淑景北舎の姫君。お加減はよろしいでしょうか？」

現れたのは、今上《きんじょう》の侍従《じじゅう》。命じられて、夏花の様子を見に来たと言う。

「えぇ、東宮さまのお蔭《かげ》で怪我もなく済みました。今上陛下におかれましては、お心遣《こころづか》い感謝いたします」

「宴はひと時、貞観殿を調べ異状がないかを確めます。何ごともあらぬようでしたら、宴は再開されますが、姫君方が心乱れたままですので、女楽の仕切り直しはまたの機会に」

日は傾《かたむ》き、空が赤く染まる時分。

夜を迎《むか》えれば篝火《かがりび》が焚《た》かれ、宴は続く予定だ。

公達《きんだち》はもちろん、女御《にょうご》や今上がわざわざ出向いての宴。御簾《みす》の落下は事故とされ、犯人捜《さが》しは後回し。今上主催《しゅさい》の宴を、いきなりお開きにはできないらしい。

「姫君には不安もございましょう。今一度お出《い》でになるも良し、このままお休みになっても良いと、今上陛下からのお言葉にございます」

今上の気遣《きづか》いに夏花が感謝の言葉を述べると、侍従はさらに今上の命を口にした。

「また、姫君の琵琶《びわ》に、今上陛下が大変心打たれたと仰《おお》せでございます。つきましては、姫君に褒美《ほうび》を取らせよとのお達しです」

「え……！　ま、まぁ、そのような。身に余る光栄に存じます」

驚きの声を上げてしまった夏花は、慌てて言い繕《つくろ》い今上の申し出を拝命する。

「お望みがあれば窺《うかが》うよう仰せつかっております。望む物、望む待遇《たいぐう》がおありでしょうか？」

侍従の言葉に、夏花は動きを止めた。

夏花も、正攻法《せいこうほう》の中で奇策《きさく》を狙っていたのだ。若君のため手段を選ばないと決めたから。

北山には前東宮妃《ひ》に楽器の指南をした女房《にょうぼう》が、尼《あま》となって住んでいた。尼に師事して習ったのは、今は亡《な》き前東宮妃の演奏の癖《くせ》。

前東宮妃を真似《まね》た琵琶の音が、今上の琴線《きんせん》を揺《ゆ》らしたのだろう現状は、狙いどおり。けれどここに、望む人はいない。

いや、と夏花は頭を下げたまま東宮を窺った。

過日の申し出を、今なら実現できるのではないか。

夏花が思わぬ好機に息を呑《の》むと、長すぎる沈黙《ちんもく》に東宮の訝《いぶか》しむ気配があった。

「……でしたら」

御簾《みす》越しの侍従に、夏花はしっかりと声が届くよう息を吸い込んだ。

「余人を排《はい》し、東宮さまと二人だけでゆっくりとお話がしとうございます」

「な……っ、何を、そんな………」

声を荒《あら》げようとする東宮は、拳を握って耐《た》える。

「そのようなこと、今上陛下にお望みになる必要もございませんよ。宴に戻《もど》りお一人になるのが心許《こころもと》ないと仰《おっしゃ》るのでしたら、人をやりましょう」

優《やさ》しげな声音《こわね》を繕って、東宮が撤回《てっかい》させようとするが、夏花は退《ひ》かない。

「私が欲《ほっ》するのは、今夜、宴の間の時間だけで良いのです」

夏花が今上に望むのは、東宮の中座。

東宮が今上の面前からいなくなるには、褒美というその場限りながら絶対の命令がなくては、夏花には叶《かな》えられない。

「……承知いたしました。今上陛下へお伺《うかが》いいたします」

侍従が命令を受けたのは、夏花への対応だ。

東宮の言葉など聞き流すように御簾の前から引いていく。

「ち……っ」

堪《たま》らず舌打ちする東宮は、今上には言っても通じないと知ってか、追う素振《そぶ》りもない。

打ち捨てられた内裏だからこそ、東宮は上位者でいられる。けれど、今上よりもさらに上、上皇が政権を握る現状、東宮の発言権はそう高くない。

東宮から視線を逸《そ》らし、夏花は沢辺に向き直った。

「……もし、今上陛下に願いが聞き届けられたら、沢辺も下がって」

「姫《ひめ》さま？　──いったい、何をなさるおつもりですか？」

困惑《こんわく》を顔に浮《う》かべていた沢辺は、夏花を見て、狙《ねら》いがあることを察する。

手短に以後の動きを伝えると、東宮が苛立《いらだ》たしげに近寄ってきた。

「何を考えている……っ。あんな言いようでは、俺と親密だと勘違《かんちが》いされるぞ」

苛立ちを隠《かく》さず詰《つ》め寄る東宮を、夏花は真っ直《す》ぐ見上げる。

「そんなの、覚悟《かくご》の上だよ」

心にいるのは若君だけ。

己《おのれ》がそうと知っているなら、誰《だれ》に勘違いされても知ったことではない。

そんな夏花を前に、東宮はまた、見ていられないとでもいうように顔を背《そむ》けた。

「失礼いたします。今上陛下より、お許しが得られました。人払《ひとばら》いをいたしますので、この宣耀殿を好きにお使いになるようにとのことです」

戻ってきた侍従の言葉に、夏花はもう一度感謝の言葉を返す。東宮は、不機嫌《ふきげん》に顔を背けたままだった。

「よし、じゃあここを抜《ぬ》け出そう」

「……は？」

宴が再開し、貞観殿に賑《にぎ》わいが戻るのを待って、夏花は東宮に声をかけた。

押し黙《だま》ったままで動かなかった東宮は、夏花の言葉に間の抜けた声を上げる。

「門原どの、手を貸して。沢辺、後はよろしく」

臣下二人に声をかけると、沢辺は外にいる東宮《とうぐう》の従者を御簾の中に招き坐《すわ》らせた。

門原は東の高欄《こうらん》下から顔を出し、夏花に手を振《ふ》ってみせる。

「お、おい。どういうことだ、待て！」

門原に向かって進む夏花を制止する東宮に、門原の横から別の従者が顔を出した。

「東宮さま……？　門原から、沓《くつ》を持ってくるよう言われたのですが？」

東宮の命令ではなかったのか、と騙《だま》された東宮の従者は顔を顰《しか》める。

「いいじゃない。いつも勝手に北舎に上がり込んでくるんだから」

今さら、と従者を見下ろし、夏花は長い裾《すそ》を抱《だ》き込んで門原の腕《うで》に身を委《ゆだ》ねた。

門原に抱《かか》えられて、余人に知られず北舎へと戻る。さすがに今上の宴とあって、七殿に繋《つな》がる渡殿《わたどの》には見張りが立てられているのだ。

不服気な様子で夏花が北舎へ渡《わた》るのを見ていた東宮は、諦《あきら》めたように息を吐いて従者と共に北舎へと歩き始めた。

「じゃ、門原どのたちはここで人が来ないか見ててね」

夏花は東宮と共に北舎の中へ。

東宮について行こうとした従者は、緩《ゆる》んだ顔で笑う門原に止められ、外で見張りをすることになった。

「それで……？　宣耀殿にいるかのように、沢辺を置いて、従者を足止めするために門原を置いて。本当に俺と二人だけになるのが狙いか？」

いつものように母屋《おもや》の柱にもたれかかった東宮は、呆《あき》れた様子で確認《かくにん》を口にした。

「そう。側近さえも遠ざけて、二人で話ができるならって言ったでしょ。宴《うたげ》を抜けなきゃ誰も来ない。向こうの賑わいで私たちの声も目立たない。門原どのの警戒《けいかい》を抜けられる人もそういない。さぁ、お膳立《ぜんだ》てはしたよ」

夏花の言葉に、東宮は目を瞠《みは》る。

「あの時の……。聞こえていたのか」

「今日のことで、東宮が私を気にかけていてくれたことはわかった。心配するからこそ、遠ざけようとしていたことも。……きっと、若君がここにいない理由も、私が関《かか》わると危険だとか、そんなところなんでしょ？」

今上の宴で、夏花の目の前の御簾だけ落とされたのは、それだけ夏花に恥《はじ》をかかせたいと思う者がいた証拠《しょうこ》なのだろう。夏花に狙われる心当たりがない現状、考えられるのは東宮に近づいたことが原因なのではないか。

「守ろうとしてくれていたことには、お礼を言う。ありがとう。――でも言ったはずだよ。私は知りたいんだ」

若君の行方《ゆくえ》を。

「ねぇ、東宮。そう呼ばれるのはあなたなのに、若君を装って自分を殺す理由は何？」

夏花の問いに、東宮は苦く笑った。まるで図星を指されたかのように。

「私を心配してるくせに、怒《おこ》らせて追い出そうとするのはどうして？ ……きっと私は、ここで若君に何が起きているかを知らされず生きたところで、幸せになんてなれない。もし知ることが罪だと言うなら、私はその罪を甘んじて受ける」

東宮の今までの言動が心配の裏返しだとすれば、そうするだけの理由があるのだろう。わかっていても、諦められない。簡単に諦めがつくなら、非情だと知っている橘家に入ることなどしなかった。

不退転の決意を以《もっ》て見据《みす》えた夏花に、東宮は眩《まぶ》しそうに目を眇《すが》めた。

落ちる沈黙に、室内に忍《しの》び入る黄昏《たそがれ》の光さえも音がしそうなほど。

固く目を閉じた東宮は、重い息を吐《は》き出すと、踏《ふ》ん切りをつけたのか瞼《まぶた》を開いた。

「……そうだな。俺も限界を感じていた。もっと早く言うことができれば、良かった。お前が、狙われるようになる前に……………」

「私が狙われる原因を、東宮は知っているの？」

「正直、東宮妃の座を狙う者の嫌《いや》がらせか、命さえ脅《おびや》かすほどの危険を孕《はら》むのかは判断がつかない。だが、最悪の可能性を考えれば……っ。ここはそれほど人の命が軽い場所だ」

諦念《ていねん》を滲《にじ》ませる東宮は低い声音で内裏の不穏《ふおん》さを語る。それでも夏花は、初めて摑《つか》んだ糸口に身を乗り出した。

「若君は何処《どこ》……っ？」

「焦《あせ》るな。…………最初から話す」

「……わかった。でも、これだけは確認させて。東宮は、若君じゃないでしょ？」

沢辺でも惑《まど》わされた東宮の立ち振る舞《ふ》い《ま》。

それでもやはり違《ちが》うのだと言う心の声を信じた夏花に、東宮は自嘲《じちょう》を浮かべた。

「ふ、ひと目でそうと確信したお前を騙そうというのが間違《まちが》いだったのかもな。……いや、違う。あの時、俺は嬉《うれ》しかったんだ。若君を覚えていると知って。見間違うことのない、思いを感じて」

独り言のように呟《つぶや》き、東宮は柱から身を離《はな》した。

「あの恋文《こいぶみ》も、北舎から飛んできたのを見た時、思わず追いかけた。……若君の筆跡《て》を見るのが久しぶりで、どうしても他《ほか》の者にも見せたくて、持ち帰ってしまった。すぐに返さなかったのは、悪いと思っている」

東宮は夏花の目の前に坐り込むと、内密な話のため顔を寄せる。

「長姫《おきひめ》」

思わぬ近さに夏花は狼狽《うろた》える己を律し、今は一言一句聞き逃《のが》さないようにと身構えた。

「……っ！　知って、るんだね」

囁《ささや》くように呼ばれたのは、北山でしか使っていなかった夏花の呼び名。

実の父親さえも知らないその名を口にする東宮に、迷いはなかった。

口慣れた様子の東宮が示すのは、目の前の青年が北山にいたという確かな証《あかし》。

「四年前……、俺は若君と共に山荘《さんそう》を出た」

肯定《こうてい》するように告げる東宮の表情は、御仏《みほとけ》に許しを請《こ》う罪人のようでもあった。

「身寄りがなかった俺を、若君は、下仕えとして伴《ともな》ってくださったんだ」

東宮の正体は、若君に仕えた童子だと言う。

急な命令で京へ向かうことになった若君に同行したのは、共に暮らした従者と学友、そして山荘付の童子が一人。

夏花は、胸中で納得《なっとく》する。

北山の遊び相手の中には、山荘の童子もいた。身分の低い家の子供が出家するための見習いもいたが、身寄りのない子供が寺に身を寄せている場合もあった。

何人もいた遊び相手。その多くは少年で、東宮はそんな中の一人だったのだろう。

「京の手前の宿坊《しゅくぼう》に泊《と》まった夜、今でも覚えてる。新月の暗い、風の強い夜だった」

語り出す東宮の声音《こわね》は、不穏に低い。

宿坊で食事の世話はされたものの、あまり大きな寺ではなく、宿坊も小さな離れ。部屋数も少なく、東宮は従者と共に軒下《のきした》で休むことになった。

「若君と学友方が室内におられた。灯《ひ》を消して寝《ね》ようとした時……、賊《ぞく》が、押し入った」

「な、にを……」

夏花は嫌な予感がして口を挟《はさ》もうとするが、東宮は視線を落として続けた。

「軒下の俺たちに気づかれないように侵入《しんにゅう》した賊は……最初から、若君を狙《ねら》っていたんだ」

賊は、室内の少年を手当たり次第《しだい》に斬《き》りつけた。誰《だれ》が若君かなど知らないながら、賊は同じ年頃《ごろ》の学友たちをも殺し尽《つ》くそうとしたのだ。

騒《さわ》ぎに気づいて従者が阻《はば》みにかかり、狭《せま》い宿坊の中は乱闘《らんとう》となった。

「幸い気づくのが早くて、致命傷《ちめいしょう》を負った者はいなかった。それでも狭い部屋には血の臭《にお》いが充満《じゅうまん》していたのを覚えてる。なのに……、若君は刀を受けながら、俺たちに逃《に》げるよう言ってくださった」

「そんな……っ」

夏花の脳裏《のうり》に、旅立っていく若君の背中が思い出される。

別れは辛《つら》いが、親元に戻《もど》るのだから穏《おだ》やかにすごしているものだと、微塵《みじん》も疑わずにいた。

愕然《がくぜん》とする夏花の表情に、東宮は一度息を吸い込むとひと息に喋《しゃべ》り出す。

「従者方が奮戦してくださって、形勢はこちらに傾《かたむ》いた。若君を殺しきれないと悟《さと》ったのか、賊は宿坊に火を放って逃げ出した。乱闘の末に火を放たれ、誰も彼もが混乱して外に飛び出した。従者方は闇《やみ》に紛《まぎ》れようとした賊を追って、確かに倒《たお》して……」

風の強い夜だった。

古い宿坊は瞬《またた》く間に赤く染まり、火の手は盛んになるばかり。

「若君がいらっしゃらないことに気づいたのは、俺だった。外に出ろと、俺たちに命じた声は確かに背に聞いた。だが、外に出てからは、一度も……っ。若君は、中に、おられた……逃げ遅《おく》れたんだ」

火に飛び込もうとする東宮《とうぐう》は、従者に押さえ込まれたと言う。誰もが声を嗄《か》らして呼んだが、若君が宿坊から出てくることはなく。

一度大きく息を吐き出した東宮の話は、まだ終わらなかった。

「古い宿坊は、真っ黒に焼け崩《くず》れて……。捜《さが》したが、骨さえ、見つからなかった」

まだ燻《くすぶ》る建材を避《よ》け、誰もが火傷《やけど》を負いながら捜したが、子供の骨は脆《もろ》く何も残らなかったのだろう、と。

「弔《とむら》うことも、できなかった。暗殺者は全《すべ》て殺してしまったから、誰の手による凶行《きょうこう》かもわからない」

言い募《つの》る東宮を前に、夏花は音を立てて血の気が引く感覚を覚えた。

勝手に手が震《ふる》える。喉《のど》が渇《かわ》く。耳鳴りまでしてくる。

思考が飽和《ほうわ》して考えもまとまらないのに、東宮の声は確かに耳に届いた。

「弔えないのなら、せめて……俺は、仇《かたき》を討《う》ちたい……っ」

耳よりも心に届く、血を吐くような声音だと、他人《ひと》ごとのように思った。

「この思いは、従者方も、学友方も同じだった。俺が東宮を名乗ることになったのは、一番背格好が似ていたからだ。それに、俺の身元なんてあってないようなもんだけど、他の方は京にお家がある。成り代わるには、俺がうってつけだったんだ」

後ろ姿が一番似ていると言われたらしい。今上《きんじょう》は、成り代わった東宮を見ても、実の息子《むすこ》ではないと気づかなかったと東宮は失笑《しっしょう》する。

「四年前も今も、若君の存在を邪魔《じゃま》に思う者は複数いる。俺たちだけでは全てを探《さぐ》ることなんてできない。だから、俺は東宮となっているんだ」

東宮という誰からも見える座に坐《すわ》り、手を伸《の》ばそうとする不埒《ふらち》者を待っている。

ただ、復讐《ふくしゅう》のためだけに。

「暗殺者が戻らなければ、黒幕は若君の死を知らない。暗殺に失敗したと思い違ったところに俺が現れれば、もう一度暗殺者を差し向けてくるはずなんだ」

黒幕を必ず暴《あば》き、復讐を。そう低く宣言する東宮は、夏花を見て痛ましいと言わんばかりに顔を顰《しか》めた。

「……そのための、俺は囮《おとり》だ。側近を極力減らして、この内裏《だいり》の守りも薄《うす》くしてあるのはそのためだ」

東宮の言葉は確かに聞こえているのに、夏花は相槌《あいづち》を返すことも、瞬きさえもできずに座っ

ている だけ。

「主《あるじ》を守れず生き延びた俺たちにできる忠勤は、もはや復讐しかない。でも……っ、若君との約束を果たそうとここまで来た長姫なら、いや長姫だからこそ、若君を悼《いた》む権利があると、俺は思う」

一気に語り終えた東宮は、疲《つか》れたように深く息を吐《つ》いた。

夏花は、何も言えない。聞いた言葉がすり抜《ぬ》けるように、受け止められない。

石のようになった夏花から、東宮は拳《こぶし》を突《つ》いて坐ったまま遠ざかる。次の瞬間《しゅんかん》には、床《ゆか》に触《ふ》れるほど深く頭を下げた。

「……長姫には、申し訳など立たない。若君をお守りできなかった俺が、東宮となっていることに、どれほど落胆《らくたん》されたか、お心の内を測ることもできない」

それでも、謝罪を。

東宮が真実を語ろうと思ったのは、夏花に対する罪悪感。

若君を求めて内裏にまでやって来た夏花の、努力を無にするとわかっていながら言わずにはおれなかったほどの。

「そんなの……いらない……………」

掠《かす》れた夏花の呟きに、東宮は頭を上げた。

「私は、若君に、会いに……っ」

会えないなんて考えもしなかった。

知らない場所で死んで、二度と会えないと言われても、実感が湧《わ》かない。

今でも穏やかな北山での生活が、若君の笑顔《えがお》が思い出せる。

突然《とつぜん》亡《な》くなったと聞いても、泣けるわけがない。死んだことを、信じられないのだから。

瞬きもせず宙を見据《みす》える夏花に、東宮は空気を肺腑《はいふ》に満たして言葉を絞《しぼ》り出す。

「聞いてくれ、長姫。ここに、若君はいない。長姫が内裏に留《とど》まる理由はないはずだ」

「……それは、どういう………？」

感情と思い出がごちゃごちゃに渦《うず》を巻き、夏花は東宮の言葉の意味を測り損《そこ》ねた。

冷静ではいられない夏花を前に、東宮は一度発言を躊躇《ためら》うように唇《くちびる》を引き結ぶ。このままではいけないと迷いを払《はら》うように首を振《ふ》ると、夏花を見据えた。

「言ったとおり、この内裏には暗殺者が来ることを前提に、守りを薄くしてある。長姫を危険に置くことは、できない。……若君のためにも」

若君が望んだ女性は夏花ただ一人。

その夏花を、危険には巻き込めないと東宮は言う。

「だから、長姫は北山へ帰るべきだ。北山に帰って、平穏《へいおん》に暮らしてほしい」

それが若君の遺志に適《かな》うだろう、と。

真摯《しんし》な言葉だったからこそ、夏花は東宮の言葉の意味を理解し、拒絶《きょぜつ》されたように感じた。

お前はここに必要ないのだ、と。

「そんな、何を勝手に……っ」

今まで北山に帰れとしつこく言っていたのは、心配してのことだったのだろう。

心の片隅《かたすみ》で、他人ごとのように冷静な部分は納得《なっとく》する。

けれど心の大部分は東宮の言葉を否定した。

「若君が死んだ？　そんなこと言われたって、信じられるわけないでしょ……！」

遺体はない。若君の死を証明できる遺品もない。そのため墓もなく、死んだ事実さえなかったことにされている。

東宮は信じるに足る証《あかし》もないことを自覚しているのか、夏花を宥《なだ》めようと口を開いた。

「気持ちはわかるが――」

「わかるわけない……！」

言葉だけの慰《なぐさ》めなど、聞きたくもなかった。

夏花の激昂《げっこう》に、東宮は沈痛《ちんつう》な面持《おもも》ちで口を閉じる。

若君が死んでいたなど、信じられるわけがない。

それでも、過去を語るごとに苦しんでいた東宮が、嘘《うそ》を吐《つ》いていないことは嫌《いや》でもわかる。

夏花は、乾《かわ》いた目を閉じて歯嚙《はが》みした。

どうして涙《なみだ》が出ないのだろう。若君が死んだと聞いて、泣けないほど薄情《はくじょう》だったのだろうか。

若君に抱《いだ》いた恋心《こいごころ》が、その程度だったなんて思いたくはない。

夏花は混乱と焦《あせ》りのまま、東宮の言葉を否定しようと口を開いた。

「……だ、だいたい、本当に東宮は北山にいたの？　他《ほか》の人と結託《けったく》して、私を騙《だま》そうとしてるんじゃないの……っ？　長姫って呼ばれていたことも、従者や学友に聞けばわかるでしょ！」

「そんなことはない。知る限りで、北山での様子を語ってもいい」

すぐさま否定する東宮に、夏花は耳を塞《ふさ》ぐように両手を上げて首を横に振った。

「信じられない！　だって……っ、東宮みたいな子がいたなんて、覚えてないもん！」

言い放った夏花は、張りつめた空気を肌《はだ》に感じる。いつの間にか固く閉《と》ざしていた目を開けると、愕然《がくぜん》とした東宮の姿があった。

どうして東宮が傷ついた顔をするのか。

そんなことにも苛立《いらだ》ち、夏花はずっと抱《かか》えていた疑問を叩《たた》きつけた。

「学友や従者の方は見覚えあるのに、東宮だけが知らない人なんだから！　童子なんていっぱいいいたじゃない。名前も思い出せないあなたは、いったい誰《だれ》なの！」

息を切らした夏花が浅い呼吸を繰《く》り返すと、東宮は俯《うつむ》き独り言のように呟《つぶや》いた。

「……そう、だよな。覚えてるわけ、ないか」

肩《かた》を落とした姿に、夏花は言いすぎたことに気づく。

今さら口を押さえても、吐き出した言葉は戻《もど》らない。

重い沈黙《ちんもく》の末、東宮《とうぐう》は立ち上がった。

思わず引き留めようと、夏花は手を伸ばした。

「こちらの語るべき真実は他にない」

東宮の硬《かた》い声音《こわね》に、夏花は伸ばした手を胸元《むなもと》に戻す。東宮は優《やさ》しさも人間味さえも感じさせない無表情で夏花を見下ろしていた。

視線一つからでも感じる、本物の拒絶がそこにある。

「なんと言おうと事実は変わらない。……文句があるなら、北山へ帰るんだな」

いつも聞かされていた言葉が、大きな溝《みぞ》となって横たわるように感じる。

東宮はそれ以上何も語らず、夏花に背を向けた。

北舎に入る光はすでになく、太陽は地平に姿を隠《かく》して夜になっている。

東宮は闇《やみ》に隠れるように、北舎から出て行ってしまった。

残された夏花は、一人茫然《ぼうぜん》と動かない。思考さえも緩慢《かんまん》になり、東宮との会話を思い出す余力もなかった。

ぼんやりした感覚の向こうから、沢辺が声をかけてくる。気づいてはいたが、なんと返答して良いのかもわからず、黙《だま》っていた。

宴《うたげ》も終盤《しゅうばん》となり、沢辺も東宮が宣耀殿に戻ったことで北舎に帰ってきたらしい。

「姫さま……？　お休みになっては如何《いかが》ですか？」

心配に溢《あふ》れた沢辺の声が聞こえるが、夏花は眠《ねむ》れる気がしない。

答えなければとぼんやり考えていると、門原が音もなく現れた。

「沢辺、今はそっとしとけ」

いつにない真剣《しんけん》な声音に、沢辺は門原を振り返り、声を震《ふる》わせる。

「……それではやはり、若君は――っ」

門原は首を横に振ると、沢辺を連れて離《はな》れていった。

御簾《みす》の向こうの廊下《ろうか》の隅《すみ》で、沢辺がすすり泣く声が聞こえる。

「嘘だ……」

自然、言葉が漏《も》れていた。

若君が死んだなんて信じられないという否定。

同時に、東宮を知らないと言ったのは、嘘だと自覚しての自責。

夏花には、東宮となることになっただろう童子に、一人思い当たる者がいた。

若君からの文《ふみ》を持ってきてくれた、山荘《さんそう》の童子だ。

一緒《いっしょ》に遊んでもあまり話さず顔も上げない童子だった。そのため、名前は思い出せない。

「普通《ふつう》の、子だったのに……」

身寄りがないと言っていたが、それが今や東宮の位についている。

沢辺も言っていた。東宮を詐称《さしょう》するなど重い罪だと。

罪を負っても果たしたい復讐《ふくしゅう》が、東宮にはある。

正体も摑《つか》めない黒幕を捜《さが》すため、己《おのれ》の命を危険に晒《さら》して若君の仇《かたき》を取ろうとしているのだ。

「そんな人に、私は、何を……」

ただの八つ当たりだった。そう自覚した途端《とたん》、夏花は自己嫌悪《けんお》に苛《さいな》まれる。

東宮が冷たい態度を取ったのは、残酷《ざんこく》な真実を知らない内に遠ざけようとしたから。

遠ざけようとしたのは、夏花を案じるため。

他にやり方があったのではないか。突然の告白など受け入れがたい。

そう諦《あきら》め悪く東宮を非難し、己の心を守ろうとする無意識に、夏花は自己嫌悪を深める。

「ごめん……っ」

それは心ない言葉をぶつけてしまった東宮への謝罪か、その死も知らずにいた若君への後悔《こうかい》か。夏花にも、わからなかった。


ひたすらに、夜が更《ふ》けていく。

雲が厚く月明かりも母屋《おもや》には届かない。

暗い暗い夜が、閉ざされた幸せのようで。

夏花はただ闇を見つめていた。

六章　後悔

立派な枝ぶりの紅梅が、母屋に薫《かお》る桐壺。

焼失《しょうしつ》して以来、植樹はされたもののまだ花の咲《さ》かない内裏《だいり》で、梅の花は愛らしく春めかしかった。

「さ、我が家から送られた唐菓子《とうがし》です。良く味わって、違《ちが》いを噛《か》み締《し》めてくださいね」

そう言って摂津が差し出す高坏《たかつき》には、こんもりと盛られた揚《あ》げ菓子や蒸《む》し菓子。饗《きょう》された菓子は梅や桃《もも》の枝などを象《かたど》ってあり、甘く味つけがされた物や、香辛料《こうしんりょう》が混ぜられた物があった。

梅の花を観賞しようと呼びかけた摂津の狙《ねら》いは、贅沢《ぜいたく》な菓子を提供できる己の富を誇示《こじ》するためか。

警戒《けいかい》していたはずの藤大納言《とうのだいなごん》も城介も、甘く溶《と》ける菓子の味に次の手を伸《の》ばす。

満足げにその様子を眺《なが》めていた摂津は、まだ最初のひと口にも手を伸ばしていない夏花に気づいた。

「夏花君、何か文句でもおありかしら？」

声をかけられ、夏花は遅《おく》れて高坏に手を伸ばす。

甘い物は好きなのに、食欲《しょくよく》が湧《わ》かない。

気を抜《ぬ》くと、すぐに子《ね》の日の夜を思い出して胸が塞いだ。

手に持った唐菓子を、美味《おい》しそうと思う気持ちはあるのに、惹《ひ》かれない。強《し》いて口にした菓子は、甘く美味しい。けれど夏花は、少しも心動かされなかった。

「美味しゅうございますよ……」

ひと口で手を伸ばさなくなった夏花に、藤大納言も手を止める。甘い物につられたことを恥《は》じるように、唐菓子から目を背《そむ》けると、口元を袖《そで》で隠した。

「な、夏花君の所でいただいたお菓子より、ずっと質は上ですものね」

「はぁ……。あぁ、お茶にお招きした時の………」

気のない夏花の返答は、藤大納言の言葉を否定しているわけではない。

以前、絵巻物を見せてもらった礼として、茶に招いた。その時に夏花が出した菓子よりも上質なのは疑いようのない事実だ。

事実だとして、それがどうしたと、夏花は虚《うつ》ろな心を持て余していた。

若君の死を信じられないと東宮を否定したところで、夏花は冷静な部分では若君の死に納得《なっとく》していたのだ。文を交《か》わそうと言った若君が、約束を反故《ほご》にした理由はそれだったのか、と。

「――ところで、泣君《なきみ》」

一人で食べ続けるのも品がなく、城介も手を止めて摂津へと声をかける。

宴の日、嘘泣《うそな》きで場の関心を攫《さら》ったことから、摂津は東宮妃《ひ》候補の間で泣君と呼ばれるようになっている。

「小耳に挟《はさ》んだのだが、深更《しんこう》に幽霊《ゆうれい》を見たというのは本当だろう、こほん、でしょうか？」

城介の問いに、摂津は視線を泳がせていつにない小さな声音で答えた。

「……いえ、私やのうて侍女《じじょ》、が見たのです………」

動揺《どうよう》を物語る摂津の答えに、侍女たちも控《ひか》える几帳《きちょう》の向こうで身を縮めた様子。どうやら、初日に東宮が言った怪《あや》しい気配があっても日の出を待てという指示を聞かなかったらしい。

藤大納言は思い出したかのように宙を見つめた。

「そう言えばここ、桐壺には、更衣《こうい》が虐《いじ》め殺されてしまったという噂《うわさ》がありますものね」

「ひぇえええ！」

摂津の口から迸《ほとばし》る奇声《きせい》に、物思いに耽《ふけ》っていた夏花も肩《かた》を跳《は》ね上げる。

あまりの声に、藤大納言も驚《おどろ》いて身を引いていた。

「なんでそないなこと言うん！　ってことは、朝から聞こえるお経《きょう》の声、気のせいやないの……っ？」

摂津も侍女も悲鳴染《じ》みた声を上げる中、夏花は思い当たる節がある。

「あの、それは私が毎朝読経《どきょう》してるからだと思うのですけれど」

北山にいた時からの習慣だ。まさか北舎の外にまで聞こえているとは思わなかった。

「何してくれとんねん！」

眦《まなじり》を裂《さ》いて戦慄《わなな》く摂津に、夏花は言い繕《つくろ》う気力も湧《わ》かず、素直《すなお》に謝った。

「怖《こわ》がらせたようで、申し訳ありません……」

これで話は終わりとばかりに黙《だま》り込み、夏花はまた一人物思いに耽る。

しおらしく、言葉数も少ない様子に、さすがの東宮妃候補《とうぐうひ》たちも顔を見合わせた。

「ちょっと……っ、どうしてか宴《うたげ》の後からおかしくはない？　夏花君は、今上陛下《きんじょう》からお褒《ほ》めいただいたんでしょう？」

摂津が事情通の藤大納言に問えば、眉《まゆ》を顰《ひそ》めてそのとおりだと頷《うなず》く。

「そうですわね、覇気《はき》がないというか……。東宮さまと二人きりになれるよう今上陛下がお図《はか》りくださったというのに、これはいったいどうしたことなのでしょうかしら？」

「東宮さまと、二人きり……っ？　姿がお見えにならないと思っていたら、そういうことだったのか」

羨《うら》ましいと呟《つぶや》く城介は、余計に訳がわからないと首を捻《ひね》る。

「あの夜の東宮さまは、とても頼《たよ》りになられて……。私も、夏花君のように抱《だ》かれてみたいと……あぁ」

熱い吐息《といき》を漏らす城介に触発《しょくはつ》され、藤大納言も頬《ほお》に手を添《そ》えて思い出すよう。

「思わぬ強いお声で下がるよう命じられた時には、恐《おそ》ろしいことが起こっているのかと震えもしましたが。思い出してみれば、普段《ふだん》のお優《やさ》しさも良うございますけれど、あの凜々《りり》しいお声もまた……」

「東宮さまの風聞を聞いた時には、もっと弱腰《よわごし》のお方かと思いましたけど、実際お目にかかればなんの。身も心も強い殿方《とのがた》にお仕えできる嬉《うれ》しさもひとしお」

ひとしきり東宮のいつにない気丈《きじょう》さを語り合うと、自然東宮妃候補の視線は心ここにあらずといった、夏花に集まる。

「何か、東宮さまの前で粗相《そそう》なされたのやも？」

藤大納言の予想に、まさかと摂津が首を横に振《ふ》る。

「初顔合わせであれほどの豪胆《ごうたん》さを見せた方が？　少々の失敗など、いくらでも挽回《ばんかい》する手を考えられるでしょう」

考え込んでいた城介は、関係ないかもしれないが、と前置きした。

「……あの日、楽器の弦《つる》が切れたことや夏花君の御簾《みす》が落ちたのは、妖《あやかし》のせいではないかと言われているのは、知っているだろうか？」

「え……！　もしかして夏花君、取り憑《つ》かれてるんちゃう？」

「え、はい？　どうかいたしましたか？」

素《す》っ頓狂《とんきょう》な声を上げた摂津に、やはり話を聞いていなかった夏花は首を傾《かし》げる。

なんとか表面は取り繕えるものの、気を抜けば止めどなく嘆息《たんそく》が漏《も》れそうだ。今もまだ、若君のことを信じたくないと、駄々《だだ》っ子のように抗《あらが》う気持ちで思考が乱れる。

「あなた、夏花君？　夜中に誰《だれ》かが枕元《まくらもと》に立ったり、人魂《ひとだま》を見たりしてませんわよね？」

戦々恐々《きょうきょう》問う摂津に、城介は疑問を呈《てい》す。

「……それは、幽霊であって、妖ではないのでは？」

「あら、まぁ。違いがあるのでしたら、教えてくださいまし」

藤大納言が問う声に、夏花は集中しなければと己《おのれ》を律そうとするが、思考は若君もいないのにと、鬱々《うつうつ》と沈《しず》んでいく。

「我が家は鬼退治《おにたいじ》をした者がいるのですが。それから考えるに、幽霊というものはあやふやで実体がない。ただ妖となると、大なり小なり実体を持っているので、刀でどうにでもできる」

「お、鬼退治！　呪《のろ》われたりしてへんやろな、城介！」

城介の私感に、摂津は身を縮めている。もはや言葉を取り繕う余裕《よゆう》はない。

摂津の失態を笑う藤大納言とは対照的に、城介は何処《どこ》までも真面目《まじめ》に答えた。

「いや、鬼《おに》の衣《ころも》を持ち帰って魔《ま》除《よ》けにしているくらいだから呪いなどは……」

「ひぃぃいい」

己を掻《か》き抱《いだ》いて、摂津はそれ以上聞きたくないと首を横に振る。

堪《たま》らず噴《ふ》き出した藤大納言は、嘲笑《あざわら》うように摂津を斜《なな》めに見た。

「あら、泣君は怖がりですのね。まぁ、優秀《ゆうしゅう》な陰陽師《おんみょうじ》の伝手《つて》もなければ恐れて当たり前かしら」

「そ、そんなことあらしません！　うちの親戚《しんせき》かて、この京で鬼退治しとりますから！」

笑われたという羞恥《しゅうち》で言い返す摂津は、己に言い聞かせるように言葉を続けた。

「だいたい、幽霊なんて気の迷いや。妖かて、何かの見間違《みまちが》いに決まってる！」

「いますわよ」

必死に否定する泣君を、藤大納言《とうのだいなごん》は無情に否定する。

「女の妬心《としん》で生霊《いきりょう》となり、呪い殺された方の話はよく聞きますもの。——前東宮妃さまも、もしかしたら……今も添い遂《と》げられなかった無念の思いを残しておいでやも」

「お、おらん、そんなもんおらん！　だいたい、前東宮妃さまを虐め殺したて噂になってるのは、あんたの親戚の女御《にょうご》さまやん！」

「あら、まぁ。虐め殺したなどと、人聞きの悪い。前東宮妃さまは元もと蒲柳《ほりゅう》の質でいらっしゃったのですから、女御さまがと仰《おっしゃ》るのはあまりにも不敬」

怯《おび》える泣君を前に、藤大納言は完全に面白《おもしろ》がる様子。普段睨《ふだんにら》み合う二人に、ここまであからさまに優劣《ゆうれつ》がつくのも珍《めずら》しい。藤大納言は親戚の女御を貶《けな》されても涼《すず》しい顔だ。

呆《あき》れた様子で吐息した城介は、己の見解を述べた。

「私は、妖はともかく幽霊はいないと思うのです。妖も、そう簡単に出会えるものではないだろうと。……いや、仮令幽霊《たとえ》がいたとしても、死んで何ができると言うんだ？　素直に、刃物《はもの》を持った人間のほうが恐ろしいのでは？」

身も蓋《ふた》もないながら、城介は実体があるかもわからないものを恐れる愚《ぐ》を語る。

応じて、藤大納言は声を潜《ひそ》め、怪しげな雰囲気《ふんいき》を醸《かも》して反論した。

「人の一念の恐ろしさを思えばこそ、肉体を脱《ぬ》ぎ去った後、強い恨《うら》みだけが残ることもありましょう？　憎《にく》い、妬《ねた》ましい、恨めしい。そんな生前の思いを、一人、また一人と重ねていけば、生ける者を害するほどの存在になれるのではございませんこと？」

藤大納言は、本気か冗談《じょうだん》か意味深に語る。

「夏花君は如何《いかが》お考えかしら？」

藤大納言に話を振られ、夏花はどうしてこんな話になっているのだろうと、北舎に帰りたくなっていた。

もはや、内裏《だいり》に居続ける必要を感じない。いや、東宮の言葉が嘘《うそ》でない証拠《しょうこ》はない。

そんな葛藤《かっとう》を胸に抱いて、夏花は仏教的な考えで誤魔化《ごまか》しておこうと投げやりに口を開いた。

「御仏《みほとけ》の道において、人の魂《たましい》は輪廻《りんね》の内に存在します。解脱《げだつ》以外の方法で六道を逃《のが》れる術《すべ》はございませんから、六道から外れる幽霊という存在がいるとは思えませんわね。ただ、妖の定義は広うございます。六道の一つ、餓鬼道《がきどう》に落ちた魂を指して鬼、妖と呼ぶのなら、いると言えるのではないかしら？」

「あら、妖がいると誰もが言いますのね。……泣君以外」

藤大納言が意地悪く目を向けると、喧嘩腰《けんかごし》で泣君が言い返す。

「そ、そんなん、おらん言うとる——、言ってますでしょう！　そんなに言うのでしたら、妖を今ここに連れてきてください！」

「そう言うのであれば、泣君も妖がいないことを証明すべきでは？」

城介の真面目で無情な指摘《してき》に、藤大納言は笑顔で乗る。

「そうですわね。例えば侍女《じじょ》が見たと言う幽霊《ゆうれい》だか妖だかを探し、それがなんの見間違いだったのか、立証してくださいまし。それとも、怖くて夜起きていられませんかしら？」

余裕綽々《よゆうしゃくしゃく》で笑う藤大納言の挑発《ちょうはつ》に、泣君は怒《いか》りで肩《かた》を震《ふる》わせた。

「わかりました。それでしたら、藤大納言さまはこの内裏に巣食う妖をお見つけになるのね！」

「ふむ、見間違いと言う泣君にも一理ある。もし、妖ではなく何か不埒《ふらち》な企《たくら》みを持つ者がいるとなれば、東宮さまにもご迷惑《めいわく》だ」

城介は内裏を騒《さわ》がせる妖を探すことに賛成の様子。

「……あら、まぁ。その手で東宮さまに近づく算段かしら？　よろしいですわ。わたくしも妖探しをいたしましょう。そう、ただ探すのも興が乗らない方もいましょうから……」

城介の言葉の裏を勘繰《かんぐ》った藤大納言は、摂津を横目に口を開いた。

「来月行われる法会《ほうえ》で、東宮《とうぐう》さまとお話しする機会を得られるというのは如何《いかが》？」

仏門に明るい東宮から教えを受けるという体裁《ていさい》で、妖を見つけた者のために、他《ほか》の東宮妃《ひ》候補が協力して会話の機会を設ける。

藤大納言の発案に、摂津さえも目に見えて意気を揚《あ》げた。

「わたくしはまず、穢《けが》れに触《ふ》れた時のために、陰陽師に札を書かせましょうかしら？」

羨《うらや》ましそうに見る摂津を眼中外に置いて、藤大納言は夏花に微笑《ほほえ》みかける。

「よろしいですわね、夏花君？」

「え、はい……？」

また話を聞いていなかった夏花のあやふやな返事は、肯定《こうてい》と受け取られる。

状況《じょうきょう》がわからず沢辺を顧《かえり》みた夏花に、乳母子《めのとご》は額を覆《おお》って嘆息していた。


東宮妃候補が内裏を騒がせる妖探しを決めてから五日。

夏花は母屋《おもや》の柱に寄りかかったまま、御簾《みす》越しに外を眺《なが》めていた。

「姫《ひめ》さま、風が冷たくはございませんか？」

「うん、大丈夫《だいじょうぶ》」

沢辺に答えながらも、夏花は母屋の内を顧みることはない。

「今日も、東宮さまはいらっしゃいませんね」

「もう、来ないんじゃないかな」

言って、夏花は眉《まゆ》を顰《ひそ》める。

何故《なぜ》か、己の言葉に言い知れない歯痒《はがゆ》さを覚えた。

「妖《あやかし》探しは、なさいませんか？」

窺《うかが》うように問う沢辺に、夏花は心配をかけている現状に申し訳なさを覚えて会話を続けた。

「あの場ではいるかもって言ったけど、信じてないし」

「他の東宮妃候補方は、熱心にお探しですよ」

そう聞いていると言う沢辺は、まるでこのままでいいのかと問うよう。

図《はか》らずも、東宮妃候補同士で競争する展開になっている。妖を探しもしない夏花は、出遅《でおく》れていると言えた。

「……そう、だね」

宴《うたげ》の日までは、他の東宮妃候補に負けてなるか、東宮から真実を聞き出してやるという気概《きがい》があった。

けれど今はそんなことに興味を持てない。

妖探しをする東宮妃候補がどうというわけではない。ただ、競争するだけの目的意識を、夏花は持てなくなっていた。

「東宮さまは、他の東宮妃候補方の下《もと》へはお出《い》でになっていらっしゃるそうですよ」

「え……っ？」

思わず沢辺を顧みると、沢辺も驚《おどろ》いたように瞬《まばた》きをして続ける。

「藤大納言さまが妖を見ようと深更《しんこう》起きていらっしゃることに気づいて、東宮さまが夜の徒然《つれづれ》を慰《なぐさ》めてくださったとか」

夜中まで起きている藤大納言に気づき、話し相手を務めたと言う。

東宮の優《やさ》しさや心映《こころば》えを褒《ほ》める噂《うわさ》があると語る沢辺に、夏花は別の考えを口にした。

「やっぱり東宮妃は、女御の血縁《けつえん》でもある藤大納言に決まっていたのかな？」

東宮は若君の仇《かたき》を取るために内裏にいるのだ。

権力争いに巻き込まれるつもりはないだろう。そうなると、若君の母方と縁故《えんこ》を深め、権力争いに波風を立てない藤大納言が東宮妃として理想的だ。

またも胸に湧《わ》く面白くないという思いに、夏花は首を傾《かし》げる。

沢辺は夏花の胸の内を問い質《ただ》すことなく、主人の早合点《はやがてん》を正した。

「いいえ、お声がけいただいたのは、泣君もだそうで」

妖探しを受けたはいいものの、誰《だれ》が見ても怖気《おじけ》づいていたという。見かねて東宮が声をかけると、本気か嘘かはわからないが、摂津は妖がいるかもしれない恐怖《きょうふ》に泣き、東宮は親身になって慰めたとか。

「一昨日は城介どのに文《ふみ》をお送りになり、内容から鳴弦君《つるうちのきみ》と城介どのを呼ぶ向きがあるとか」

「城介どのに？　なんでいきなり文なんか？」

ここにきていきなり東宮妃候補たちと距離《きょより》を詰《つ》め始めた東宮の思惑《おもわく》がわからない。

己《おのれ》を囮《おとり》にしてまで内裏にいる目的は、若君のための復讐《ふくしゅう》のはずだ。

暗殺者を招くために内裏の警備を手薄《てうす》にしていると言っていた東宮なら、東宮妃候補たちを危険に晒《さら》すような接近は控《ひか》えるように夏花には思えた。

「城介どのは妖を見られたそうで。さすがは武家の姫と言いましょうか、妖に向かって破邪《はじゃ》の弓弦《ゆづる》を鳴らし、撃退《げきたい》したそうです。その風聞をお聞きになった東宮さまが、歌をお送りになり賞賛したと」

沢辺の説明から察するに、妖の存在はただの噂ではないらしい。

「城介どのとその侍女たちが言うには、目撃《もくげき》されたのは毛むくじゃらで首のない異様な風体《ふうてい》の妖だそうです。東宮さまに文をいただけると知り、東宮妃候補のお三方は、妖探しにかこつけて東宮さまと距離を縮めようと躍起《やっき》になっていらっしゃるそうですよ」

もはや内裏の中では知られた話、と沢辺は俯《うつむ》く夏花に語りかける。

間を置かずに来ていた東宮が現れなくなり、口喧嘩《くちげんか》をすることもなくなった。

叱《しか》られることもなく静かでいいと思えるはずの状況で、夏花は心に蟠《わだかま》る悔《くや》しさを持て余す。

「……姫さまが妖探しをなさらなくて、私は安心ですが」

「どうして？　沢辺」

「実は、門原どのが妖と呼ばれる者に深更出会ったそうなのです」

「え……？　門原どの、夜中も内裏《だいり》に侵入《しんにゅう》してたの？　さすがに危ないよ」

壁《かべ》を越《こ》えて内裏に侵入する門原は、夜動くにも灯《あか》りなど持たないだろう。壁を越える時に足でも踏《ふ》み外せば大怪我《おおけが》をしてしまう。

「門原どのですから、危険は承知でしょう。それよりも、姫さまが妖に不用意に近づくことがないかを心配しておりましたよ。目撃した妖らしき者は、辺りを警戒《けいかい》し、足音を殺していたそうです。どう見ても生きた人間だったとか」

「つまり、妖に扮《ふん》した不審《ふしん》者が、内裏に侵入してるってこと？」

「暗くて妖の姿をしていたかは……。ただ、翌日にはそこに妖が現れたと噂になったのです。また、人魂《ひとだま》と言われるものが通りすぎたので近づいてみれば、油の臭《にお》いがあり、人間が起こした火に他ならないと、門原どのは仰《おっしゃ》っていました」

思わぬ報告に、どうして門原から直接報《しら》せがなかったのかを聞こうとして、夏花は思い止《とど》まった。

ここ数日の己を振《ふ》り返れば、報告されたとしても聞き流していた可能性が高い。

「……門原どのは、どうして内裏をうろついているの？」

別の方向から問いを向ければ、沢辺は呆《あき》れたように吐息《といき》した。

「東宮さまを探《さぐ》れとお命じになったのは、姫さまでしょうに」

夏花は、まだ若君のことを側近たちに言ってはいない。

きっと沢辺も門原も、夏花の反応で若君を襲《おそ》った悲劇に予想はついているだろう。それでもまだ、当初の命令を遂行《すいこう》するのは、夏花が態度を明確にしないからだ。

若君がいないために、内裏を出るのか。東宮をなお疑い、内裏に居続けるのか。

夏花は、何をすればいいのかわからず、宙を見つめて動きを止める。

「ともかく……、姫さまが妖探しをなさらないのなら、沢辺は安心でございます。何者とも知れないのですから。以前危《あや》ぶんだような暗殺者の可能性もありましょうし」

悩《なや》むなら好きなだけ悩めばいい。

そう見守るように苦笑《くしょう》する沢辺の言葉に、夏花は息を詰める。

もし妖に扮した者が暗殺者であるなら、襲われるのは東宮ではないだろうか。

若君のために己を犠牲《ぎせい》にしようとしている東宮にとって、この内裏は戦場。

そこに夏花がいるのは、足手《あしで》纏《まと》いだから北山に帰れと言い続けた。若君との約束を知っているから、守ろうとしてくれた。

そんな人が今、危険に晒されている。

夏花の中に蟠っていた思いが、形を得たかのように明確な意志へと変化した。

――そんな人を、見捨てられない。

「姫《ひめ》さま？　どうかなさいましたか？」

敏感《びんかん》に夏花の纏う雰囲気《ふんいき》の変化に気づいた沢辺は、不安げに眉を下げる。

「……沢辺、喉《のど》が、渇《かわ》いたな」

「まぁ、そのような風の当たる場所におられるからです」

喉を押さえる夏花に、沢辺は何処《どこ》か安堵《あんど》した様子でお小言を口にした。ぼんやりしてばかりで、飲食もまともにしていなかったのだ。

「うん、ごめん。白湯《さゆ》がほしいんだけど」

「承知いたしました。すぐに貰《もら》ってきましょう」

応じる沢辺を心配させないよう、夏花は御簾《みす》から離《はな》れて脇息《きょうそく》の横へと移動する。

沢辺は白湯を用意するため、下級女官《にょかん》の下へと出かけて行った。

「……本当にごめん、沢辺」

いない相手へと謝罪を向けて、夏花は五衣《いつつぎぬ》を脱《ぬ》ぎ捨てた。

どうすべきか考えてもわからない。だからこそ、今は何かできることがあるのだと念じて動きたかった。

「妖《あやかし》に扮した、不審者の正体を探れば……。私でも、東宮《とうぐう》を守れるかな？」

覚えてないと嘘《うそ》を吐《つ》き、傷つけてしまった東宮に、正面から顔を合わせる勇気が湧かない。

「東宮に会う、言い訳がほしい……。謝る、ために」

夏花は沢辺の袿《うちき》に着替《きが》えて、女官を装う。

廊下《ろうか》の上を歩いては顔を知る東宮妃《ひ》候補に見つかってしまう。夏花は迷わず、人目を避《さ》けるため廊下の下へと降りた。

内裏の東側は顔見知りばかり。何より、妖探しで後《おく》れを取っているのだ。今さら聞ける目新しい話などないだろう。

「聞くのは、東宮妃候補たちが話なんて聞かない人、だね」

本当に妖が不審者だと判明すれば、東宮に危険を報せられるかもしれない。

夏花は工人《こうじん》が往来する西側を忍《しの》んで移動し、時には女官のふりをして下級女官をやりすごす。

「――私、黄昏時《たそがれ》に火の玉を見てしまいましたの」

「まぁ！　局《つぼね》の者も獣《けもの》の唸《うな》りに似た声を聞いたとか」

「東宮さまの徳の低さの表れなのかしら？」

不安げに話し合う女官の言葉に、夏花は妖が現れたことによって東宮の評価が下がっていることに驚く。穢《けが》れである妖が跋扈《ばっこ》するのは、東宮に威光《いこう》がない、つまり相応《ふさわ》しい人物ではないからだと。

「女官まで東宮の評価を口にしてるってことは、思ったより妖の存在は深刻に受け止められてるってこと？」

下級女官が去ったことで、庭のほうから移動を再開しようとした夏花は、目隠《めかく》しの幕の向こうに工人が近づいてきたことに気づいて息を潜《ひそ》める。

「はぁ、ったくやってらんねぇぜ。こんなに時間かける必要あんのかよ？」

「あぁ、俺も寝不足《ねぶそく》だ。昼も夜もなく働くなんてよぉ。ちょっと眠《ねむ》れても硬《かた》い土の上たぁな」

「文句は仕事が終わった後にしろ。──ほら、見張りが来た。目つけられねぇようにしやがれ」

通りすぎていく工人の言葉遣《ことばづか》いは、お世辞にも上品とは言いがたいものだった。

「工人ってあんなにがらが悪い人たちなのかな？　内裏再建のための人なら、それなりの紹介《しょうかい》があってここにいるはずなのに……」

内裏の西へ行かないよう東宮が注意したのは、工人の質のためだったのかもしれない。

「……東宮って、色んなところに気を遣《つか》ってるのかも。私が気づかないだけで………。若君のことを言い出せなかったのは、私を悲しませたくないから、とか？」

夏花を陥《おとしい》れたいわけじゃないと言った東宮に嘘はなかった。疑って信じなかったのは、夏花だ。胸の内で膨《ふく》れ上がる自己嫌悪《けんお》に、夏花は東宮に謝るきっかけを摑《つか》もうと、気を取り直して進む。

人目を避けて行きついたのは、台所である進物所《しんもつどころ》。内裏の北東にある北舎から、南西の進物所への大移動を完遂《かんすい》した。

「はぁ……、はぁ……。思ったより、時間かかっちゃった」

沢辺が白湯を持って戻《もど》るまでに、北舎に戻りたいところ。

そう思案して足を止めた夏花の背後から、突然《とつぜん》声がかけられた。

「お前さん見ない顔だな。どうした？」

軒下《のきした》で、休憩《きゅうけい》中らしい壮年《そうねん》の白張《しらはり》がそう問いを投げる。

「あ、えぇと……。東宮妃候補さまが、白湯が欲しいというもので」

咄嗟《とっさ》に言い訳を口にするが、白張は首を捻《ひね》った。

「うん？　さっきも同じことを言われたが？」

「あ、あぁ！　行き違《ちが》いになってしまったみたいですね」

「なんだ、そうか。東宮妃候補さまの侍女《じじょ》かい？　だったら何かお困りごとなど聞いてはおらんか？」

思わぬ問いと親しみを向けられ、夏花は答えにまごつく。

「い、いえ、滞《とどこお》りなく。その……、気にかけてくださってありがとうございます」

礼を言われるとは思っていなかった白張は、目を見開くと弾《はじ》かれたように笑い出した。

「ぶっはは！　お前さん、そんな綺麗《きれい》な手ならいいとこの娘《むすめ》だろうに。あぁ、いや、いや。笑ってすまん。何、東宮さまが仰るんでな。東宮妃の座は一つだというのに、花の盛りの姫が四人も集められてお可哀想《かわいそう》なことだと。お心を砕《くだ》かれておるんで、わしらも見習っているのさ」

まるで直接そうと言われたような口ぶりに、今度は夏花が目を瞠《みは》った。

「え？　東宮、さまが足をお運びになるのですか？」

「あぁ、しまった。これは内緒《ないしょ》で頼《たの》む。東宮さまがこんな所来とるなんて、他所《よそ》では言わんでくれ」

そう言いつつ、白張は誇《ほこ》るように、東宮が東宮妃候補に不自由がないよう取り計らっているのだと語った。

白張が言うように東宮が東宮妃候補の暮らしに気を配っているのなら、妖探しで距離《きょり》を詰《つ》めたのも東宮妃候補たちを心配しての行動か。

そうだとすれば、声をかけられもしない自分は、もう東宮にとって気を配るほどの存在ではなくなったということなのか。

己《おのれ》の考えに、夏花は肩《かた》を落とす。白張がさらに語ろうとすると、進物所の中から声がかかった。

「ずいぶん上機嫌《じょうきげん》なようですね。如何様《いかよう》な慶事《けいじ》がありましたか？」

相手を見もせず、白張はすぐさま地面に膝《ひざ》をついて頭を下げた。

「お噂《うわさ》をすれば。何、とても美しい女子《おなご》さまにお会いできて——、あ、またもしくじった。お前さん、ここに来ちゃいけない身分じゃないか？」

肩越《かたご》しに振《ふ》り返り、お叱《しか》りを受けるのではないかと心配してくれる白張に返事もできず、夏花は廊下に現れた東宮の姿に思わず声が漏《も》れた。

「げ……っ」

夏花の目には、笑顔《えがお》のまま東宮の顔が硬直《こうちょく》したように見えた。

「……っ、少々、お話が必要なようですね………？」

東宮は低くなりそうな声音《こわね》を制して、外面《そとづら》を保ったまま夏花に声をかける。言われずとも、抗《あらが》う術《すべ》のない夏花は、しおらしく返事をするしかなかった。

「はい……」

「ごめんなぁ、お前さん」

ただならぬ空気を感じ取ったのか、謝る白張に見送られ、夏花は東宮に人目のない内裏《だいり》の壁《かべ》際《ぎわ》へと連れて行かれる。

「……どういうことだ？」

低く不機嫌《ふきげん》を隠《かく》そうともしない声音での問いに、夏花は達成できなかった目的を口にする。

「ええと、妖の目撃《もくげき》情報を、聞こうかと……」

途端《とたん》に、東宮は叱責《しっせき》を放った。

「考えなしにもほどがあるぞ。顔が知られていないと高を括《くく》ったか？　女官《にょかん》の真似《まね》ごと程度で欺《あざむ》けるなどと思うな……っ」

尤《もっと》もな東宮の指摘《してき》に、夏花は俯《うつむ》きつつ唇《くちびる》を噛《か》んだ。

ただ東宮を疑うばかりだったなら、己のやり方のまずさを棚《たな》に上げて言い返していただろう。東宮は敵かもしれないから。嘘を吐いているから。何を言われても撥《は》ねつけて、若君と再会するのだと、目的を果たすのだと言えた。

東宮の真意を知った今、夏花は己の非を誤魔化《ごまか》すことができない。夏花の身を案じる東宮としては、内裏の一人歩きなど容認《ようにん》できないだろう。何より謝らなければという負い目のため、黙《だま》って叱責を受け止める。

「門原どのほどの手練《てだ》れならまだしも。北山にいた頃《ころ》から隠れ鬼《おに》が下手だったくせに、どうして見つからないと思うんだ」

怒《いか》りを隠さず言い放たれる言葉に、夏花は息を詰める。東宮のひと言で、無邪気《むじゃき》に笑い遊んだ日々が鮮《あざ》やかに思い出せた。

長子であるにも拘《かか》わらず出家を決められた若君は、今上《きんじょう》に見捨てられた御子《みこ》だと言われていたのだ。最初は柵《しがらみ》なく遊んでいた童子たちも、若君の身の上を理解すると距離を置いていった。

そんな中でひたすらに若君に従った東宮が、どんな思いで内裏にいるのか。

若君の死を辛《つら》いと感じるのは夏花だけではない。

辛くて直視しない夏花より、仇《かたき》を討《う》とうと恩に報《むく》いるため生きている東宮《とうぐう》のほうが、若君を尊重しているように思えた。

夏花が自省と共に大人しく叱られていると、不意に東宮の声に勢いがなくなる。

「……もう、言葉を交《か》わすこともしない、か」

「え？」

顔を上げると、そこには宴《うたげ》の夜見た、全《すべ》ての感情を押し込めたような東宮がいた。

「早く内裏を去れ。もうここにいる必要はないだろう。こうして内裏の品位を貶《おとし》められるだけ迷惑《めいわく》だ」

「そんな……っ」

迷惑をかけたいわけじゃないと夏花が言い繕《つくろ》うより早く、東宮は顔を背《そむ》けて言葉を継いだ。

「だいたい、俺はお前を東宮妃《ひ》に選ぶことは絶対にないと、最初から決めていたんだ」

硬い声音で告げられるのは、またも拒絶《きょぜつ》。

「北山の幼馴染《おさななじ》みが橘家の姫《ひめ》だったというだけでも、藤原に警戒《けいかい》されて面倒《めんどう》なのに。こんな勝手をされたとあっては、内裏から排除《はいじょ》することも考えるぞ」

「そこまで……？」

「己の行いがどれほどのことかも理解できないなら、やはりお前には内裏は向かない」

夏花を見もせず言い放つと、東宮は背を向けた。

「ともかく、今日は北舎まで送っていく。どうせ、沢辺や門原どのの目を盗《ぬす》んで来たんだろう」

言って歩き出す東宮に、夏花はもう何も言えずついて行くしかなかった。

工人《こうじん》にも女官にも、見つからないよう迅速《じんそく》に内裏の中を進む東宮は、門原が言ったように内裏を忍《しの》んで歩くことに慣れていた。

今さら夏花が不審《ふしん》者の可能性を告げる必要などないと感じるほど、周囲を警戒し、いつ仇が現れても対処できるよう気を張っているのが背中からでもわかる。

「……もう二度と、こんな一人歩きはするな。これは命令だ、いいな？」

北舎の廊下《ろうか》に夏花が登ると、東宮は振り返りもせず去って行った。

「返事も聞いてくれないなんて……。謝ることもできてないや……」

呟《つぶや》く夏花は、後悔《こうかい》の念が重くのしかかるように感じる。

「今さら、私ができることなんて、ないんだろうな……。いっそ、いないほうがいいのかな？」

東宮の姿も見えなくなると、夏花は北舎の壁《かべ》を背に、力なくその場に座り込んでしまった。

麗景殿に戻った東宮は、一度固く目を閉じた。

「如何なされました？　お疲《つか》れのご様子」

辺りに誰《だれ》もいないとは言え、言葉を繕い若君の従者が声をかける。

「気にかけてくれて、ありがとう。少し……休ませてもらえますか？」

いつもなら、塗籠《ぬりごめ》で休むのは東宮として体面を保ちつつ、自身で若君の仇を探すための言い訳だ。塗籠で休んだふりをして自ら内裏を探《さぐ》っている。

信用できるのは、若君の従者と学友のみ。少ない手勢で調べるには、東宮自身も動かなければならなかった。

「左様でございますか……。東宮妃候補の件もございますからな」

心労もやむなし。たまには本当に休むのもいいだろう、と従者は下働きだった東宮に対し、身内のような優《やさ》しい目を向ける。

仕えるべき主君を失い、その復讐《ふくしゅう》に殉《じゅん》じる覚悟《かくご》を認めているからこそ、生まれの貴賤を超《こ》えて同じ目的を共有する仲間として扱《あつか》ってくれていた。

「北山では、使いで山一つ越えることもあったんですが。体力が落ちているようです」

「……最近、北山のことをよく口になさる」

従者の指摘に、東宮は息を呑《の》む。全くの無意識だったが、言われてみれば思い当たる節があった。

「思い出されるのは、しようのないことではございますが。過日の如《ごと》き独断は、長姫を危険に巻き込むだけにございます。ご自重ください」

「わかっています。……けれど長姫も、こちらには興味を失《な》くしたようです。もう、言葉を交わす気も失《う》せたようでした」

いつまでも冷たい態度を取る東宮と、関《かか》わっていたいわけがない。今日見た夏花の大人しさは、そんな気持ちの表れだったのだろう。

嫌《きら》われてもいい。内裏を去って安全でいてくれるならと念じて接してきたが、本当に嫌われたと思うと、想像するより胸が苦しい。

塗籠に入った東宮は、一人であるという安堵《あんど》に心中が口から漏れた。

「長姫が狙《ねら》われる前になんて……。馬鹿《ばか》か、俺は。東宮に近づいたから、狙われたのに」

若君を思う仲間である従者にも諮《はか》らず、夏花に若君の死を報《しら》せたのは、東宮の独断だった。夏花が相手であれば怒《おこ》らせて話を逸《そ》らすこともできたはずなのに、そうしなかったのは、東宮が後悔の念に堪《こら》え切れなかったからだ。

「はぁ……、顔合わせの日以外、淑景北舎に行かなければ良かったんだ。あれだけの暴言を放ったのも、長姫を遠ざけるためだろう。なのに、どうして俺は………」

後悔の言葉を幾《いく》ら吐《は》いても、時が戻《もど》ることなどない。自問したところで、答えはすでに東宮自身知っていた。

「ただ会いたいなんて、言える立場じゃねぇ……」

わかっていても、夏花に会うため忍んで北舎に向かった。

幼少から清廉《せいれん》な美しさを感じさせた夏花の美貌《びぼう》に似合わぬ、男子に入り交じって遊んだために身についた童子のような言葉。

変わらない夏花と会い、話をすることが、東宮を騙《かた》る重圧の中で楽しみになっていた。

「く、くく……。俺も性格が悪くなったな。忠告や見張りなんて適当な言い訳で、嫌《いや》がる長姫を煩《わずら》わせるなんて。嫌われて当然だ。………当然なのに、どうしてこう、顔が見たくなるんだろうな」

思い返せば、夏花の笑顔《えがお》など数えるほどしか見ていない。しかも幼少の自然な微笑《ほほえ》みではなく、貴族としての作り笑いしか見ていないのだ。

「何考えてるんだか……っ。そうだ、こんな考えは、東宮として間違《まちが》ってる。東宮妃候補一人に傾倒《けいとう》するなんてこと――」

胸の内の苦しい思いを吐き出していると、東宮は従者とは違《ちが》う気配を察してまた嘆息《たんそく》する。

「私は休みたいと言ったのですが？」

意図して冷ややかな声音《こわね》を繕ったが、怖気《おじけ》た様子もなく塗籠の引き戸は開かれた。

「いやぁ。悪いね、悩《なや》める青少年。ちょっと俺の話につき合ってくんない？」

断りもなく入り込む門原は、悪びれた様子もない上に、余計なことを言う。

「……っ本当に、首に縄《なわ》でもつけていて欲しいものですね」

これ見よがしに吐き捨てれば、門原は目の前に腰《こし》を下ろして、内緒話《ないしょばなし》よろしく頬《ほお》に手を添《そ》え、声を低めた。

「あ、今日ここに来たことは姫さまには内緒《ないしょ》にしててくれ。──って言うか、うちの姫さまあんまり虐《いじ》めんなよ。すっげぇしょぼくれてたぜ」

門原の言葉が、今日のことを指すのか、宴の夜以降を指すのか判然としない。

東宮は探るために問いを向けた。

「……長姫から聞いているんですか？」

「いいや。姫さまは何も喋《しゃべ》っちゃいねぇよ。ただ、あんな腑《ふ》抜けた様子見りゃ、最悪の結果だってことくらいわからぁ」

曖昧《あいまい》な問いを、門原は一笑《いっしょう》に付した。夏花が喋らずとも、若君の死は容易に想像がつく。

門原の答えに頷《うなず》く半面、ひと言に胸が騒《さわ》いだ。

「最悪……。そうでしょうね」

生き残ったのが若君でなく、山荘付の童子であったのだから。

それでも現状、その最悪の結果が己《おのれ》に降りかかると想像すらしない夏花は、東宮《とうぐう》の懊悩《おうのう》を深める存在でしかない。

夏花が死ぬ。

そんな想像に東宮は肝《きも》を冷やす。同時に、夏花を遠ざけようとした己の判断が正しかったのだと内心頷いた。

「もう東宮妃候補の争いに参加はしないでしょう。俺の妃《きさき》の座なんて興味ないでしょうから。なので、門原どのはどうか、ここから出るよう長姫を説得なさってください」

元から夏花が望んでいたのは東宮ではなく、今は亡《な》き若君なのだから。夏花が内裏《だいり》に留《とど》まる理由など、最初からない。

そうと知らず、必死になっている姿が憐《あわ》れであり、一途《いちず》さが好ましく東宮には映っていた。

「俺のような偽者《にせもの》の妃にならなければいけない東宮妃《ひ》も、憐れだ」

思わず漏《も》れた心情に、東宮は己の疲れを実感する。

「その東宮妃候補と、最近仲いいのはなんでだ？」

言う必要はないと一瞥《いちべつ》を向けると、観察するように見ていた門原は、ふと笑みを浮《う》かべた。

「お前、真太《しんた》だろう？」

久しぶりに呼ばれた名に、東宮は言葉を失う。

若君の従者や学友も、誰に聞かれるともしれない状況《じょうきょう》を理解して、京に入ってからは一度として口にしてはいない、山荘《さんそう》の童子の名。

夏花に正体を告げた時点で、門原にも正体がばれるだろうとは思っていたが、まさか名を呼ばれるとは思いもしなかった。そのため否定も忘れて問い返した。

「……覚えて、いたんですか？」

「いや、正直忘れてた。若君の所には山荘の童子、五人か六人くらいいただろ。見わけつかねえし、お前ずいぶんとでかくなってるしな」

軽い調子で否定する門原は、北山にいた時からこんな人だった。

何も考えていないように見せて、その実、物事をよく見ており決して本質を見失わない。

北山を去る際、人手の足りなさから門原を護衛に雇《やと》えないかと話題に上ったほどだ。

「実は姫《ひめ》さまが漢詩を習うために僧都《そうず》に文《ふみ》を差し上げる時、俺も別口で文を送ったのさ」

四年前、山荘を出た人員を調べ、今いる者と比較《ひかく》しただけだと。

言うほど簡単でないのは、内裏を隠《かく》れ歩く東宮にもわかっている。

東宮が厳しい視線を向けても、門原は得意げに指を三つ立ててみせた。

「ほとんどは東宮の側近として残ってるが、若君を除いて、いない人間が三人。内二人は、上皇側と今上《きんじょう》側に入り込んでる。で、どうしても見つからないのが久世《くぜ》の真太、お前だ」

言いながら指を一つずつ折り、残った人差し指を向けられる。

東宮は門原の指先を見つめて、北山にいた頃《ころ》の己を思い出す。体も小さく、虐められていたみすぼらしい童子。

喋ることはおろか、顔を上げることさえ気後《きおく》れしていたのだから、夏花が覚えていないのも無理はない。

けれど東宮を名乗ったからには、矮小《わいしょう》な山荘の童子のままでいることは、本来この座に坐《すわ》るはずだった若君を貶《おとし》める。もう、俯《うつむ》いてはいられないのだ。

東宮は門原を正面から見つめた。

「そこまで調べていて、何故《なぜ》今、直接に答えを聞こうと？」

「いや、お前の名前はこの際《さい》どうでもいい」

歯を見せて笑う門原は無邪気《むじゃき》さを装う。ただ、笑みに細めた目を開けば、門原は敵を屠《ほふ》ることを厭《いと》わない戦う者の目をしていた。

「聞きたいのは、うちの姫さまをどうしたいかってことだ」

「どうしたいも何も、最初から言ってるでしょう。長姫は、こんな後ろ暗い内裏に居るべきじゃない。北山で、心穏《こころおだ》やかにすごしてほしいと思っている」

「それは、お前の考えか？」

言葉少なに、門原は東宮の言葉がどれくらい信用できるものかを問う。

「……他《ほか》の方も、同じだ。若君との仲を知らぬ者はいない。あの約束も……」

別れを惜《お》しむ山門で、難しい己の立場をわかっていた聡明《そうめい》な若君が口にした、たった一つの我儘《わがまま》。

妃にするなら夏花がいいという若君の想《おも》いは、あの場の誰《だれ》もが確かに理解していた。

四年が経《た》ち、去った若君を追って自ら内裏へと現れた夏花に、若君の臣下は誰もが驚《おどろ》いた。

同時に、自ら会いに行くと返歌を詠《うた》った長姫なら行動に移してもおかしくなかったと納得《なっとく》し、悔《く》やみもした。

何故、あんな東宮妃候補の要件に当てはまってしまったのか、と。

心から笑えていたあの頃のまま、すごしていて欲しかったのだ。

「ここは、処刑場《しょけいば》ですよ。若君の仇《かたき》と、守れなかった俺たちの」

「……やっぱり、命投げ出すつもりか。東宮を僭称《せんしょう》するなんて大罪だ」

改めて罪の重さを突《つ》きつける門原に、東宮は揺《ゆ》るぎなく答えた。

「えぇ、俺は復讐《ふくしゅう》を終えたなら、この大罪と共に若君に殉《じゅん》じる」

仇を討《う》ったなら、その場で東宮を僭称した己に死を。

人によっては、なんて理不尽《りふじん》な運命だと悲嘆《ひたん》するかもしれない。けれど名前さえ持っていなかった自分にとって、若君がいない今、この復讐だけが生きる道標《みちしるべ》なのだ。

東宮が笑いかけると、門原は顎《あご》を撫《な》でながら考え込む素振《そぶ》りをみせた。

「そこまでの覚悟《かくご》があるなら……、うちの姫さま巻き込んでみない？」

「は……っ？」

埒外《らちがい》の言葉に、東宮は門原を凝視《ぎょうし》する。

「何を言ってるんですか？　若君の想い人だったからこそ、長姫を俺の偽《いつわ》りの妻になんか選べない。若君へのご恩を思えば、こんなことに巻き込むことなんてできるわけがない……っ」

「人が少ないだけまだ内裏はましだ。国の上層はもっと闇《やみ》が深い。そんなところに夏花を関《かか》わらせるなど、正気の沙汰《さた》とは思えなかった。

「門原どのは、長姫を守るのが使命だろう？　少なくとも宴《うたげ》の日、御簾《みす》が落ちたのは長姫を狙《ねら》っての犯行だ。内裏の中には長姫を狙う者がいるんだ。主人を危険に晒《さら》すつもりか？」

前言を撤回《てっかい》しない門原は、片眉《まゆ》を上げて答える。

「俺は、姫さまが選んだ道をお助けするだけだ。姫さまが自ら選び、そして悔いがないよう生きることを望んでこの内裏にいると言うのなら、俺はここで姫さまの選択《せんたく》を後押しするのがお役目さ。守ると言うなら、姫さまの決意こそ、俺が守るべきものだ」

仮令《たとえ》巻き込まれた先が、死に至る道のりでも。そう思い決めていると言う門原だが、浮かぶ笑《え》みに真剣《しんけん》みはない。

食えない門原を睨《にら》み、東宮は言葉の真意を探《さぐ》る。

「つまり、長姫が復讐に加担する可能性があると？」

「さてな。今はまだ落ち込んでてそれどころじゃないっぽいが、あの姫さまがこのまま引き下がるとは思えない」

　だからこそ止めるのが、臣下として主《あるじ》を助けることになるはずだ。

「あんたは、長姫の幸せを望まないのか……っ？」

「幸せなんて人それぞれだろ？　姫さまが自分で選んだ道なら、俺はそれをお助けするだけなんだよ」

　幸せは本人が摑《つか》む、と門原は煙《けむ》に巻くように笑う。

　これ以上、夏花を深入りさせるわけにはいかない。脅《おど》しのつもりだったが、夏花に言ったように内裏から追い出す方策も考えたほうがいいだろうか。

　そう考え黙《もく》した東宮を眺《なが》め、門原は目を細めた。

「ふぅん……。まだ何か隠してることあるな？」

「なんのことですか？」

　間を置かず切り返した東宮に、門原は膝《ひざ》に頰杖《ほおづえ》を突いてわざとらしく言葉を切る。

「例えば、若君を殺した、犯人の目星、とか？」

　本当にどうしてこう鋭《するど》いのか。

　東宮はもはや取り繕《つくろ》う必要も感じず顔を顰《しか》めた。

「俺のことを他言しないでくれるなら、俺だってここでの話は姫さまのお耳にゃ入れないさ」

　何処《どこ》までも軽い調子で言われると、信じようという考えも浮かばない。

けれど、実際問題として門原を誤魔化《ごまか》せる気もしなかった。

言わなくても、門原は調べるだろう。もしかしたら推測はすでに立っているのかもしれない。下手に夏花に知られるよりは、先に口止めしておくほうが安全か。

「………ちなみに、門原どのの見解は？」

「そりゃ、東宮《とうぐう》より皇位継承権《けいしょうけん》の低い奴《やつ》らは軒並《のきな》み怪《あや》しいだろ」

警戒《けいかい》するこちらが馬鹿《ばか》な勘繰《かんぐ》りをしているように感じるほど、門原は軽い。

「下だけ？」

「ま、上はもっと怪しいな。今上からすれば、一度は捨てた息子《むすこ》だ。自分を恨《うら》んで上皇と結託《けったく》し、天皇位を奪《うば》いに来ると警戒してもおかしくない。で、今上の伯父《おじ》に当たる上皇も上皇で、院になってからできた皇子を東宮に立てたい思惑《おもわく》がある。後ろ盾《だて》の弱い若君を問繋《つな》ぎで還俗《げんぞく》させたんだ。いつ皇子を東宮に立てるために手ぇ伸《の》ばしてくるかわからねぇ」

門原の推測に誤りはない。やはり己《おのれ》の力で調べられることは調べ尽《つ》くした後なのだろう。けれど東宮たちが、若君暗殺の黒幕と睨んでいるのは、今上でも上皇でもない別の者。

「……俺たちが一番怪しいと睨んでいるのは、若君の生母である、女御《にょうご》だ」

どんな揺らぎも見逃《みのが》さないよう東宮が見つめていても、門原は驚いた素振りさえ見せなかった。つまり、想定内の答えということか。

「知ってるかもしれないが、女御には養子の皇子がいる。女御に仕える藤原家所縁《ゆかり》の女房《にょうぼう》が産んだ皇子で、若君が亡《な》き今、本来なら唯一《ゆいいつ》の今上の直系男子だ」

「おう、聞いてるぜ。母親の女房追い出して、女御が乳飲《ちの》み子の時から育てて可愛《かわい》がってるって。まだ元服前で、東宮候補が軒並みいなくなった四年前じゃ、幼すぎて東宮候補にもならなかったらしいな」

「そうだ。……女御の愛情は若君ではなく、皇子に向いている」

「今さら捨てた息子が戻《もど》ってくるよりも、手ずから育てた皇子を東宮にしたいってか？」

「女御周辺からはそのような発言があったと、聞いている」

この件に関しては、若君が知らずにいてくれて良かったと思えた。優《やさ》しい若君は、決して父母を恨んでなどいなかったのだから。一方的に見限られているなど、知らないほうがいい。

今上の長子でありながら、若君は捨てられ、忘れ去られた存在だったのだ。あれほど聡明な方が何故、と東宮は胸に湧《わ》いた苛立《いらだ》ちを抑《おさ》える。

「若君の還俗を決定したのは院だ。この決定に今上は関わっていないことがわかっている」

呼び戻した院が暗殺者を送るとは考えにくい。

今上が犯人なら、院の決定にもう少し抗《あらが》ったという話が残っているはず。けれど実際若君の還俗に異を唱えた様子はなかった。

「四年前、院の皇子は東宮にもなれない嬰児《えいじ》。女御は元服すれば天皇位に昇《のぼ》れる若君を廃《はい》して、溺愛《できあい》する弟皇子を東宮にしようと考え、暗殺を企《くわだ》てたのではないか」

一度の失敗で警戒したのか、京に来てからは女御に動きがなかった。そこに来ての東宮妃候《ひ》補選び。

「東宮妃が決まれば、後見の不確かだった俺に姻戚《いんせき》ができ、足場を固め始めると考えるだろう。同じ藤原家の後見を受けるなら、女御としては余計に手出しが難しくなる」

愛情以外に東宮を廃する理由を持たない女御にとって、東宮の結婚《けっこん》は厄介《やっかい》そのもの。政治力を持つ前に動くはずだと、東宮は踏《ふ》んでいた。

「若君の母親が暗殺の黒幕かもしれないなんて報《しら》せても、長姫《おさひめ》の懊悩《おうのう》が深まるだけだ。無闇《むやみ》に傷つける必要はない。だからこそ、こんな危ない内裏《だいり》にはいて欲しくないんだ」

そう願う思いがわからないかと、東宮は門原を睨む。

「藤原の侍女《じじょ》はどうすんだ？」

門原は、聞いているのかいないのか、別の問題を口にした。

藤原の侍女とは、藤大納言《とうのだいなごん》に仕える侍女のこと。そして、子《ね》の日の宴で楽器の弦《つる》を切った犯人だ。

「それについては、こちらでも調べた。東宮妃候補たちの被害《ひがい》についても細かく聞いてある。──弦に切り込みを入れられていたのが二人。弦を緩《ゆる》められていたのが二人。問題は、緩められていたほうだ。鳴弦君は弦全《すべ》てをわからぬよう緩められていたのに対し、大納言の姫は弦一本だけ。しかも演奏では使わない弦だった」

門原が見た塗籠《ぬりごめ》から逃げ出《に》した者の正体は、藤大納言の侍女で一人だけ白い単《ひとえ》を着ていた女。夏花に容疑を被《かぶ》せようとした者だ。

「姫さまに直接害をなした相手だ。他言無用ってのは守るけどな、俺もこのままで済ます気はないぜ？」

「気持ちはわかるが、まだ泳がせてくれ」

「妖騒動《あやかしそうどう》に関わっているって？」

まだ、と言う東宮に、門原は打てば響《ひび》くように問いを返す。白々しいほどの即応《そくおう》だ。

「東宮妃候補の家は、どれも若君を殺して利を得られるところばかりだ。妖探しなどとかこつけて、暗殺者を誘《さそ》い込む算段かもしれない」

藤大納言は女御と同じ家の出であり、東宮と皇子のどちらが天皇位についても問題はない。発言権の強い女御に加担している可能性がある。

摂津は京の血縁者《けつえん》の中に、皇位継承権を持つ者がおり、手引きをしてもおかしくはない。

城介の京にいる同族は上皇に信任された武士で、上皇の意向を無視できない。城介自身武芸を身につけているため暗殺者になり得る。

女御が最有力とは言え、誰《だれ》もが、若君を殺した黒幕に通じているかもしれないのだ。

「東宮妃候補たちと距離《きょり》を詰《つ》めてみたが、まだ尻尾《しっぽ》を出す気配はない。それでも可能性は残る。今藤大納言の侍女を潰《つぶ》せば、いたずらに警戒を強め、俺たちの復讐《ふくしゅう》の邪魔《じゃま》になる」

それは許さない。

一念を込めて睨むと、門原は敵意がないことを示すように両手を上げた。

「……わかった。俺はいつもどおり、姫さまを守ることに専念しよう」

疲《つか》れたように息を吐《つ》いてみせる門原に、東宮は思わず文句を漏《も》らす。

「いつも俺たちを嗅《か》ぎ回っているくせに」

「そうつれないこと言うなよ、真太ぁ」

馴《な》れ馴れしく呼ぶ声音《こわね》は、北山に暮らしていた時と変わらない。

忘れていたと言っていたが、少なくとも今は東宮と呼ばれる山荘《さんそう》の童子がいたことは確かに覚えていたのだろう。

――懐《なつ》かしい。

不意に胸中に湧いた感慨《かんがい》に、東宮は驚《おどろ》く。そんなことを感じる余裕《よゆう》も、今までなかったのだと気づいて。

若君が死んでから、懐かしむほどの時が流れてしまったことを、憂《うれ》いて。

何より思い浮《う》かんだのが、真太と親しく呼んでくれた若君ではなく、名前も思い出せないと言った夏花だったことに、東宮は歯噛《はが》みした。

七章　妖騒動

北舎の北にある廊下《ろうか》に座り込み、夏花は膝を抱《かか》えていた。

北山のような梢《こずえ》や小鳥の囀《さえず》りもなく、白っぽい土の露出《ろしゅつ》した地面には彩《いろど》る花や苔《こけ》すらもない。

無闇に殺風景な景色に見えて、夏花は抱えた膝に顔を埋《うず》めた。

「お加減が悪いのですか？」

突然《とつぜん》かけられた声に顔を上げると、いつの間にか覆面《ふくめん》と笠《かさ》で顔を隠《かく》した流が廊下の向こうに立っていた。

「流……！」

驚く夏花に近寄ると、流は気遣《きづか》わしげに片膝《かたひざ》をついて顔色を窺《うかが》った。

「あ、別に気分悪いとかじゃなくて――」

「実は……、東宮さまとの様子を見てしまいました」

把握《はあく》できる人相は目だけだが、申し訳なさそうな色を湛《たた》えているのは窺える。

何処《どこ》まで見られていたかはわからないが、険悪な雰囲気《ふんいき》は見ればわかっただろう。

「あぁ、うん。ちょっと、怒《おこ》られただけだから」

「怒られたと言うには、東宮《とうぐう》さまのご対応は少々……」

案じる声音の中で、東宮と口にした途端《とたん》、流の目は険しくなる。どうやら、東宮にいい感情はないらしい。

「大丈夫《だいじょうぶ》。見てたなら、私が勝手に動いたのわかるでしょ？」

「だからと言って、女性にあんな態度は如何《いかが》なものかと。これが初めてではないでしょう。どうして東宮さまは夏花君にばかり辛《つら》く当たるのか」

「流、……東宮の間諜《かんちょう》とかじゃ、ないの？」

聞いた途端、流が嫌《いや》そうな顔をしたのは、覆面越《ご》しでもわかった。

「何故《なぜ》そのような思い違《ちが》いを……」

「東宮の、私に対する今までの態度、知ってるみたいだし。東宮の外面《そとづら》に騙《だま》されてないみたいだし……。それだけ近い人なのかと思ったんだけど、違うんだね」

よほど不本意なのか、流は固く目を閉じ気持ちを整理しているらしい。

「東宮さまというお立場のある方なら、親しき仲にも礼儀《れいぎ》を保たねばならないはず。他言なさらないあなたのお優しさ故《ゆえ》の放言でしょうが……。見るに堪《た》えない」

流の言葉には、積もった思いを吐き出すような情感が宿っている。

怒っているようにも聞こえる言葉つきに、夏花は首を傾《かし》げた。

「私、東宮に窘《たしな》められるようなことしたんだけど。あ、もしかして、慰《なぐさ》めてくれてる？」

「いえ、私は見たままを申し上げたまでです。……私情が入ったことは、否定できませんが」

慰められるほどひどいと思われているのかと、否定しきれない流の返答に夏花は俯《うつむ》く。

東宮が辛《つら》く当たるに値《あたい》するようなことを言ってしまった夏花は、なんとか誤解を解こうと言葉を紡《つむ》いだ。

「東宮は……、そこまで悪い人じゃないよ。私を心配して言ってくれるんだし。間違《まちが》ったことを言ってるわけでもない。活《い》かせない、私が至らないんだ」

このままでは本当にただの足手纏《あしでまと》いだ。内裏に居るだけ、東宮に迷惑《めいわく》をかける。

そうなれば本当に東宮から疎《うと》んじられてしまうかもしれない。

夏花が重い気持ちを吐き出すように息を吐くと、流は探《さぐ》るように声を潜《ひそ》めた。

「東宮さまは、ご幼少からあのようなご無体を？」

そんなわけないと否定しようとして、夏花は流の目を見返す。そこには、先ほどまでの気遣いはなく、己《おのれ》の任務を全《まっと》うするための静かな色が浮かんでいた。

門原が、流がうろついていると言っていたのを思い出す。宴《うたげ》の前には流と追いかけっこして、不在になることが幾度《いくど》かあった。

「そんなことないよ。……そう言えば、流は門原どのと仲良くなったみたいだね」

夏花も探りを入れれば、流はすぐに心中を察して苦笑《くしょう》する。

「はは、手厳しい。けれど確かに門原どのは、東宮さまより私を敵視してらっしゃる」

柔《やわ》らかな流の声音に、夏花は気晴らしに会話を続けていたくなった。

「ねぇ、流。他《ほか》に侵入《しんにゅう》してる人、見たことある？」

「さて、存じあげません」

横目に窺えば、流は夏花が次に何を言って来るのかを待っているようだ。

「じゃ、妖見たことある？」

「さて……」

声音は変わらないものの、夏花は流が言葉を濁《にご》したのを感じた。もしかしたら、流も妖と言われる存在が、侵入者であると気づいているのかもしれない。

「……東宮妃《ひ》候補で、妖探ししてるんだ。私は今、出《で》遅《おく》れてる」

「聞き及《およ》んでおります。あまり、危ないことはなさらないでいただければと」

夏花に向けた言葉にしては、流の目は別の誰かを見つめているようだった。

「あれ？　もしかして流の主人は東宮妃候補の誰か？」

思わず考えを口にした夏花が見つめていると、居た堪《たま》れないように流は目を伏《ふ》せる。

「うん、いいや。……慰めるために声かけてくれたんでしょ、流。私は大丈夫、ありがとう」

流が暗殺者の類《たぐい》には見えない。夏花は答えを迫《せま》ることはせず微笑《ほほえ》んだ。

夏花の気遣いに、流は余計に身の置き場がないように項垂《うなだ》れる。

「……いえ、実は、謝らなければならないことが、ありまして」

意を決した様子で夏花を見た流は、神妙《しんみよう》な顔をしていた。

「宴の日に、夏花君を悩《なや》ませた事柄《ことがら》について。実は、私が文《ふみ》を届けたせいかもしれないのです」

一瞬《いっしゅん》、夏花は流の告白が、若君の死を知った件に関しているのかと早とちりした。けれど落ち着いて考えれば、門原の見張る北舎の中を流が窺い知ることはできない。宴で夏花に降りかかった災難と言えば、弦《つる》を切られたことか御簾《みす》が落とされた件だろう。

「……つまり、あの日のおかしなできごとは、誰《だれ》かに指示されて流がやったの？」

「やったのは私ではありません」

はっきりと否定する流だが、言いにくそうに言葉を継いだ。

「私は文使いです。夏花君を害する指示の書かれた文を、とある者に届けました。——ただこれだけは信じて欲しいのです。私の主人も、夏花君へ危害を加えるような卑怯《ひきよう》な真似《まね》をなさる方ではありません」

「楽器の弦はみんな被害《ひがい》に遭《あ》ったけど、やっぱり御簾が落ちたのは私に恥《はじ》をかかせようとしたから？　私、そんな恨《うら》まれる心当たりないよ」

「夏花君を、というよりは橘家の姫君《ひめぎみ》が東宮さまと近しいご様子を危ぶんだ故の犯行です。……この件に関しては東宮さまが、東宮妃候補さま方から当時のご様子を聞き取られています。

けれど主人は、夏花君が狙《ねら》われたこともご存じありません。細工を施《ほどこ》した者を東宮さまが特定できたとしても、その者を切り捨てるだけで、ことは終わるでしょう」

どんなに調べても、実際東宮妃候補は誰《だれ》も関《かか》わっていないと流は言う。

「実行犯がわかったとしても、犯人の独断として、ことは終結するように準備されているのか。

……それって、私に言っていいこと？」

思わず夏花が確認《かくにん》すると、流はおかしそうに目を細めた。

「駄目《だめ》でしょうね。文使いが文の内容を推量することすら無粋《ぶすい》です。私が漏《も》らしたと知られるならば、もはや文使いとして用済みでしょう」

「なんで言っちゃうの……っ？」

「まだ私は主人の恩に報《むく》いるため、働きたいと思っております。けれど、同じくらい、私は夏花君に、謝りたかったのです。……申し訳ございませんでした」

片膝をついた状態で、流は夏花に向け頭を下げる。

その姿が、若君の死を告げた夜の東宮に重なる。

夏花は馬鹿《ばか》なことをしているという自覚はありながら、流の謝罪を撥《は》ねつける気にはなれなかった。

「お互《たが》いに他言無用ってことで、今日のところは済ませない？」

謝罪は受け取るが、今ここでのやり取りは誰にも漏らしはしない。

夏花が落としどころを示すと、頭を上げた流は困ったように目を細めた。

「無条件の許しに、どう報いるべきか。……それでは、他言無用ついでに主人について一つ」

やはり東宮妃候補が主人だという想像が当たっているのか、流は自ら教えると言った。

「お優《やさ》しい方です。手ずから私を救ってくださった、命の恩人。けれどお家のためという気負いが強く、夏花君に嫌なこともしていらっしゃいます」

本来の優しさを、東宮妃となるため内に隠《かく》した主人が、誤解されるのが悲しい。

「本意じゃないから許せって？」

「いえ、夏花君が東宮さまに愛想《あいそ》をつかしたなら、内裏《だいり》をお去りになったほうがいいとお勧《すす》めいたします」

結局は主人のため、流は夏花に戦いの場から降りないかと唆《そそのか》してくる。

「主人のために、私を遠ざけるの？　流は東宮が嫌《きら》いなのに？」

矛盾《むじゅん》していると指摘《してき》しても、流の笑《え》みは揺《ゆ》らがなかった。

「私の主人はお家のため、身を尽《つ》くすことを望んでおられる。であれば、私は命を救っていただいた価値のある存在だと証明するため、主人の進む道をお助けするのみ」

流の言葉には、嘘《うそ》はないだろうと思える強さがあった。

「ただ……夏花君を見ていると………泣いてほしくないと思えてしまう」

呟《つぶや》かれた言葉に、夏花は目を瞠《みは》る。

「私、内裏で泣いたことなんてないよ？」

京に戻《もど》り、橘の家ですごした間も、涙《なみだ》を零《こぼ》したことはなかった。記憶《きおく》にある限り大泣きしたのは、若君が京に行ってしまうと知った時くらいだ。若君の死にさえ、涙は零れなかった。

「何故《なぜ》、でしょうね……。昔の記憶は川に流れて消えたはず、…………いえ、おかしなことを申しました。──それでは、私はお暇《いとま》させていただきます」

誤魔化《ごまか》すように、流は立ち上がる。嚙《か》み合わないような、歯痒《はがゆ》い雰囲気《ふんいき》に、夏花は意図もなく思いつく質問を投げた。

「流、あなた幾《いく》つ？」

変わらない年頃《ごろ》だろうと思った夏花の予想に反して、流は考える素振《そぶ》りを見せる。

「実は流として生まれて四年になります」

「はい？」

夏花が目を見開くと、流は悪戯《いたずら》が成功したかのように笑った。

「それ以前のことは、覚えておりません。それでは、ご前を失礼」

驚《おどろ》き呆《あき》れる内に、流は身軽に内裏の壁《かべ》を越《こ》えていく。

真意を問い質《ただ》すこともできずに見送った夏花は、力を抜《ぬ》いてまた北舎の壁に背を預けた。

「あ、はは……。帰れって言われたな」

そう言われたのは、二人目だ。思惑《おもわく》を隠した流と、心配を隠した東宮《とうぐう》。

夏花は一度目を閉じて、このまま北山に帰った未来を想像してみた。

「でも、私はこのまま帰っても後悔《こうかい》する。何も知らずに、山で暮らしてたんだ。この四年、何があったかも、私は知らない」

知らないことばかりで帰れるわけがない。瞼《まぶた》を開いた夏花は、抱《かか》えた膝《ひざ》に顎《あご》を載《の》せた。

「平穏《へいおん》に暮らせなんて。私だけ遠ざけて、自分はどれだけ危険なことするつもりなんだか」

危険を承知で内裏に留《とど》まっていることを知った今、東宮を見捨てるような真似はできない。

「……東宮と、話がしたい。まずは、知らないなんて言ったこと、謝らなきゃ」

夏花は目標を定めて身を起こす。

「だったら名前思い出さないと。若君が呼んでたよね。うぅん……倫太《りんた》？　健太《けんた》？　あ、なんか倫太が近い気がする」

記憶を手繰《たぐ》って頭を捻《ひね》っていた夏花は、ほどなく沢辺に見つかりお説教をされることになった。

「姫《ひめ》さま、そろそろお休みになりませんと、お体に障《さわ》りますよ。今日はずいぶんと歩かれて、お疲《つか》れでしょうから」

まだ説教し足りないと言わんばかりの沢辺に、夏花は大人しく乳母子《めのとご》に従い寝間着《ねまき》に着替《きが》える。

黙《だま》って抜け出した手前、言い訳のしようがない。

東宮の拒絶《きょぜつ》を和《やわ》らげる方法を考えていた夏花は、すっかり北舎の外が暗いことに気づいた。

「今日は誰も妖《あやかし》探ししないのかな？」

「皆《みな》さま連日遅《おそ》くまでお起きでしたから。そろそろ夜更《よふ》かしの辛《つら》い頃《ころ》でしょう」

もう寝《ね》たようだと言う沢辺に頷《うなず》き、長い髪《かみ》を束ねた夏花は燭台《しょくだい》の灯《あか》りを消した。

「あぁ、暗いと思ったら。今日は朔月《さくげつ》なんだね」

灯り一つない暗い闇夜《やみよ》にあっては、月は気配を感じるほど。空を見なくても、今夜の月の顔色は窺《うかが》えた。

「北山の月のない夜は、音がしそうなほど星ぼしが煌《きら》めいていたよね」

「姫さま、もうお休みなさいませ」

眠《ねむ》そうな沢辺の声に、夏花は口を閉じて横になる。

ふと、夏花は東宮妃《ひ》候補たちが妖探しを始めた経緯《けいい》を思い出した。

「そうか……、妖を見つければ、来月の法会《ほうえ》で東宮と話す機会が貰《もら》えるんだ」

目標を見つけた夏花が息を呑《の》むと、北舎の外で風とは違《ちが》う音がした。

「……なんの音？」

低くうねるような音が、人の歩みの速さで近づいてくる。

「姫さま、どうかなさいましたか？」

夏花が起き上がった衣擦《きぬず》れの音に、沢辺も身を起こして声をかけた。

「沢辺、ほら。聞こえない？　変な音が近づいてくる」

「……な、なんでございましょう？　この獣《けもの》の唸《うな》りのような声は？」

「獣……まさか、例の妖？」

夏花は手探《てさぐ》りで母屋《おもや》を抜け、半蔀《はじとみ》を細く開ける。

暗く物の影《かげ》も判然としない闇の中、唸るような音がはっきりと聞こえた。息遣《いきづか》いを感じる音の強弱は、獣のよう。

「ひぃ……っ！　あぁ、あれは火の玉では？」

夏花と並んで半蔀から外を見ていた沢辺は、人の頭よりも高い位置で不安定に揺れる炎《ほのお》に声を引き攣《つ》らせた。

炎に照らされた地面が、円形に仄《ほの》白《じろ》く光を反射している。その中に動く者を見つけ、夏花は目を凝《こ》らした。

「見て、沢辺……っ。毛だ。首のない、毛むくじゃらの妖！」

「ほ、本物ですか！　あ、あぁ……っ。しかも一匹《いっぴき》ではありませんよ！」

妖が本当にいたのかと、沢辺は震《ふる》えあがった。しかも妖は半蔀から見えるだけで六匹《ぴき》。右に進む者と、左に進む者。二列になって唸りを上げながら歩いている。

妖が唸り、火の玉が舞《ま》う中、夜を引き裂《さ》く悲鳴が響《ひび》く。

途切《とぎ》れることなく、共鳴するように女の高い声音《こわね》が狂乱《きょうらん》を交えて次々に上がった。

「まさか、ここだけじゃなく、内裏中に妖が？」

北舎を囲む妖は悲鳴にたじろぐこともなく、唸り続けている。

夏花は半蔀から離《はな》れると、急いで燭台に火を灯した。

揺れる灯りの下、音が立つのも構わず夏花は几帳《きちょう》の横棒を解体し、武器代わりに携行《けいこう》する。

内裏中を覆《おお》う恐慌《きょうこう》に、潜《ひそ》んでいても意味がないと悟《さと》った沢辺は、七殿《でん》に近い妻戸を開けると声を荒《あら》げた。

「誰《だれ》か、誰かおりませんか！　夜回りの方！」

宿直《とのい》がいるはずの七殿に、揺れる灯火《とうか》はない。呼び続けても助けが来る気配はなかった。

「大変だ。誰も来ないんじゃ、みんなが危ない！」

夏花が危機感を覚えた瞬間《しゅんかん》、向かいの桐壺から尋常《じんじょう》ではない足音が立った。

調度を引き倒《たお》すような騒々《そうぞう》しい音と、入り乱れる悲鳴。夏花はすぐさま桐壺に繋《つな》がる廊下《ろうか》の妻戸を開いた。

「姫さま、外は危のうございます！　東宮さまも夜間の外出を禁じ、朝を待てと――っ」

「いつ助けが来るかもわからないんだ。身を守るためにも、今は合流したほうがいい！」

灯火を持った沢辺を伴《ともな》って北舎から飛び出すと、辺りは妖に囲まれていた。北舎を巡《めぐ》るように歩いている妖の列は、粛々《しゅくしゅく》とした足取りを乱さない。

火の玉が揺れ、妖の唸りが響く異様な雰囲気に、夏花も勢いを削《そ》がれて足を止める。

「沢辺、離れないで……。大丈夫《だいじょうぶ》、まだ廊下までは上がってきてない。今の内だ！」

夏花が桐壺へ駆《か》け出すと、妖が動揺《どうよう》するように列を乱す。

振《ふ》り返らず辿《たど》り着いて見たのは、荒《あ》れたまま、誰もいない桐壺。妖さえ周囲にはいなかった。

「まさか、泣君方は……っ」

最悪の結果を予想して歯を鳴らすほど震える沢辺に、夏花は己《おのれ》に言い聞かせるためにも考えを口にした。

「沢辺、落ち着いて。血の跡《あと》はない。きっと何処《どこ》かへ逃《に》げたんだ」

怖《こわ》がりの摂津が、同じく怖がりだらけの侍女《じじょ》たちと大人しくしているだろうか。

夏花は桐壺からさらに南を見る。廊下の先には昭陽北舎。弓弦《ゆづる》で妖を退けた実績を持つ、城介の所へ行ける。

「やっぱりあっちも妖に囲まれている。けど、北舎からも妖が追ってきてるし、行くしかないか……っ」

二人ではどうしようもない。そう夏花が行動を定めた時、追いついて来た妖のほうから、火の玉が廊下の上まで漂《ただよ》ってきた。

「姫さま危ない！　熱……っ」

火の玉から夏花を庇《かば》った沢辺は、翳《かざ》した手に熱と痛みを覚えて怯《ひる》む。

「沢辺に何するんだ！」

夏花は咄嗟《とっさ》に沢辺を守ろうと、手にした棒を廊下の向こうへ突《つ》き下ろした。途端《とたん》に、棒を伝って手応《てごた》えが返る。

棒で打たれた妖は、怒《いか》りの気配を孕《はら》んで夏花を睨《にら》み上げると、棒を奪《うば》おうと毛むくじゃらの手で引っ張ってきた。

「姫さま、手をお放しください！　落ちてしまいます！」

沢辺が切迫《せっぱく》した声を上げた時、妖とは違う足音が、砂利《じゃり》を蹴立《けた》てて急速に近づいてきた。

「おいこら、うちの姫さまに何してんだ！」

「門原どの！」

暗闇《くらやみ》に怯むことなく、門原は走り込むと、夏花の棒を摑《つか》んでいた妖を問答無用で蹴《け》り倒した。近くにいた妖二匹も肘《ひじ》打ちと投げ技《わざ》で瞬《また》く間に倒してしまう。

「え、あ……、妖倒せるの？」

当たり前のように応戦した門原は、足元の妖へと無遠慮《ぶえんりょ》に腕《うで》を伸《の》ばした。

「こりゃ、人間ですよ。ほら。皮被《かぶ》ってそれらしくしてるだけで。火の玉も、このとおり。黒く塗《ぬ》った竿《さお》に火を括《くく》りつけてるだけだ。音は、こいつらが首からかけてる筒《つつ》が発生源か？」

三匹《びき》の妖を手早く剝《は》いだ門原の足元には、三人の男たちが転がされた。

「つまり……、妖は侵入者《しんにゅう》？」

「朔《さく》の上に雲が出てる。暗い夜を狙《ねら》ってたんでしょうな」

夜目が利《き》かない者なら、妖と信じてもおかしくはない。

門原の説明に、夏花は南を顧《かえり》みた。

「相手が人間なら、余計にこんなことをしでかす奴《やつ》らじゃ危ない！　東宮妃《とうぐうひ》候補たちを助けに行こう！」

昭陽北舎へと走り出す夏花に、門原は何も言わず下からつき従う。

近づくほどに悲鳴が大きくなる。昭陽北舎を囲む妖も、城介の抵抗《ていこう》にあっているのか、北舎で見たような整然とした動きではない。

不意に、夏花は別の方向から聞こえる悲鳴を聞いた。

「きゃぁぁああ……、助けて、助けてくださいまし！」

昭陽北舎よりもさらに南、庭のほうから助けを求める声が上がる。

夜闇の中、目を凝らして見れば、白い人影《ひとかげ》が妖に追われている。梨壺から必死に走ってくるのは藤大納言《とうのだいなごん》だった。

「妖に追いつかれる、大変だ！」

夏花は迷いなく廊下から飛び降り、棒を片手に走り出す。

「沢辺、お前は昭陽北舎の様子を確認《かくにん》しろ！」

門原は指示を叫《さけ》ぶと、夏花を追って走りながら刀を抜《ぬ》いた。

夏花は裸足《はだし》で庭を駆け、息も絶え絶えに走る藤大納言に手を伸ばす。

「藤大納言さま！　こちらへ！」

「な、夏花君……っ？」

藤大納言が手を取ると、夏花は力任せに引っ張り背後へと隠す。同時に追いつきそうだった妖《あやかし》の手が、藤大納言の髪《かみ》を摑み損《そこ》ねて宙を掻《か》いた。

「来るな、不埒《ふらち》者め！　門原どの！」

「はい、はい。姫《ひめ》さま、庭に降りる前に命じてくれよ」

夏花が棒を構えて牽制《けんせい》すると、横合いから門原が妖をひと薙《な》ぎで切り倒す。一人倒しても、妖の追っ手はまだ梨壺のほうから現れた。

夏花は藤大納言の手を引いて、昭陽北舎へと走り出し確認《かく》する。

「藤大納言さま、侍女方は？」

「そ、それが、散り散りに庭を逃げて。捕《つか》まった者もおります……っ」

藤大納言が声を震わせると、門原は夏花の横に並んで推測を口にした。

「姫さま、こいつらどうもこっちを囲い込むのが狙いだ」

「……行動を制限したいのか、一網打尽《いちもうだじん》にしたいのかな」

夏花が応じて思考を巡らせると、藤大納言は目を瞠《みは》る。藤大納言が恐慌を来《きた》す前に、門原が冷静な声を聞かせた。

「侍女も含《ふく》めたこの人数を殺す気なら、もっとしっかり武装してるはずだ。持ってても短刀程度ってことは、陽動だと思いますね」

「じゃあ、妖の狙いは——」

夏花が門原を見上げた途端、沢辺の声が耳に入る。

「姫さま！　早く、早くこちらへ！」

昭陽北舎では、城介が弓弦を響《ひび》かせ、侍女も棒を持って妖に応戦していた。廊下の上という位置の優位を生かして、妖を一定以上近づけさせない守りを敷《し》いている。

城介の指揮で廊下に通じる階段から妖が排除《はいじょ》された。

「藤大納言さま、先に！　お早く！」

藤大納言を先に行かせ、夏花は妖に棒を振るう。数度妖を打ち据《す》えると、几帳の横木だった棒は、半ばから折れてしまった。

夏花が驚《おどろ》き動きを止めたところに、棒で打たれた妖が短刀を抜き放つ。白刃《はくじん》が迫《せま》る寸前、割って入った門原が短刀を叩《たた》き落とし、妖を蹴り倒した。

「姫さま！　門原どのも早く！」

沢辺の呼びかけに、夏花と門原は昭陽北舎へと上がる。

逃げ込んだ昭陽北舎の母屋《おもや》の中からは、摂津と侍女の悲鳴が絶えまなく響き、もはや錯乱《さくらん》状態であることを物語っていた。

「夏花君、これらは本当に妖だろうか？」

弓を携《たずさ》えた城介も母屋に下がり、問いかけてくる。

「違《ちが》うと思われます。おそらく、私たちを怯《おび》えさせるのが狙いの侵入者でしょう」

同じ考えだと頷《うなず》く城介の横から、門原が声をかける。

「姫さま、ここに全員集まって来てる。この数は手に負えねぇ。ちょいと数を減らす策があるんだが――」

門原の進言に、夏花は頷き城介を顧みた。

「城介どの、協力してくださいますか？」

「……あぁ、わかった！」

城介は門原にもの問いたそうな目を向けるが、状況《じょうきょう》を考え疑念を置いて応じてくれた。

城介の指示で、応戦していた城介の侍女たちが北舎の中へと下がる。戸締《とじま》りの済ませられていた昭陽北舎の中は暗く、全《すべ》ての半蔀《はじとみ》が閉められ、錠《じょう》が下ろされていた。

邪魔《じゃま》がいなくなり、廊下《ろうか》に上がり込んだ妖は、廊下を回りながら火の玉を揺《ゆ》らすのが影《かげ》となって見える。

「やっぱり、私たちの足止めが狙い？　門原どの、手を出さなければ襲《おそ》われないかな？」

「ないとは言いませんが、あれだけ火の玉並べられると、燃やされた時逃げ場がありませんな。

――それに、やはりこの動きは別に狙いがありそうだ」

警戒《けいかい》に表情を引き締《し》める門原。夏花は、気になっていた者の名を口にした。

「…………東宮？」

答えを求める夏花に、門原は一度目を逸《そ》らすが、目顔で無茶《むちゃ》を止める。

「門原どのはここを守っていて」

「姫さま――」

「与志為、頼《たの》んだ」

門原に説得の言葉を言わせず、夏花は半蔀に手をかけた城介に向かう。

「城介どの、門原どのと一緒《いっしょ》に皆《みな》を守ってほしいのです。沢辺もできる限り加勢を」

「姫さま、しかし――」

沢辺にも引き留めは言わせず、夏花はなるべく気軽く聞こえるよう明るい声を出した。

「大丈夫《だいじょうぶ》。呼んで戻《もど》ってくるだけだから。場合によっては加勢を連れてくるから」

「な、夏花君、わたくしにできることはございませんの？」

突然《とつぜん》かけられた声に振《ふ》り返れば、震《ふる》えながらも気丈《きじょう》に背筋を伸ばした藤大納言がいた。

「……それでは、泣君をよろしくお願いします。場合によっては暴れるかもしれませんから、皆の邪魔にならないよう、塗籠《ぬりごめ》へ誘導《ゆうどう》してください」

未《いま》だに泣き叫んで怖《こわ》がる摂津を示せば、藤大納言は確かに頷いた。

物言いたげな目をしながら寄ってきた門原は、夏花ではなく城介に声をかける。

「……矢はありませんかね？」

「内裏《だいり》に持ち込めたのは弓だけだ。それでも妖は音に反応する」

「視界が狭《せま》くて、本当に矢を射られてるかわからんのでしょう。――侍女《じじょ》方の指揮をお願いします。俺は奴らの攪乱《かくらん》に走らせてもらいますんで」

全員で頷き合い、夏花も閉じられた半蔀のすぐ側《そば》に屈《かが》み込む。

「皆、息を合わせろ。せぇぇえの！」

城介の掛《か》け声に応じて、閉め切られていた半蔀を外に向けて一斉《いっせい》に開く。半蔀に当たり、驚《おどろ》き、廊下の上にいた妖は次々に下へと落ちた。同時に、下に集まっていた他《ほか》の妖にぶつかり混乱が生じる。

夏花は乗じて庭に飛び降りた。気づいて追ってくる余裕《よゆう》のある妖は二人だけ。廊下に残った妖を庭に投げ落とした門原は、梨壺の屋根を見上げて声を上げた。

「おい！　お前の姫さま守ってやるんだ。しっかり働け！」

門原の一喝《いっかつ》に、屋根から石が投げられた。過《あやま》たず石は妖に的中し、夏花を追う者はなくなる。

夏花が麗景殿へ向けて梨壺の横を走ると、屋根の上から飛び降りてくる者がいた。

「流……！　さっき助けてくれたの、流だったんだ」

笠《かさ》の縁《ふち》を持ち上げてみせる流は、梨壺の向こうの昭陽北舎を顧みた。

「お側を離《はな》れずお助けすべきなのでしょうが、私も主人から離れるわけにはいかないのです。麗景殿からの退路はここで私が確保しておきます。中の様子を見て、危険だと判断すれば、お一人でもお戻りください」

無茶はするなと、側近に言わせなかった言葉を言われてしまい、夏花は苦笑《くしょう》を返す。

「わかった。ありがとう、流」

「お礼を申し上げるべきは、私です。今も私の主人は門原どのに守られている。共に行き、夏花君をお守りすべきなのですが――」

夏花を案じて残るべきかを迷うらしい流に、夏花は首を横に振った。

「目的を見誤ったらだめだよ。流が守るお姫さまは、私じゃない」

夏花は、流に背を向け麗景殿へと駆《か》け出した。物言いたげな流の視線に気づくことなく。

麗景殿に昇《のぼ》る階段は、回り込まなければない。夏花は迷わず目の前の高欄《こうらん》を越《こ》えるべく地面を蹴《け》った。

同時に麗景殿の中から妖に扮《ふん》した侵入者《しんにゅう》が現れる。短刀を腰《こし》に提《さ》げ、手には抜《ぬ》き身の太刀《たち》を携えて。

高欄を跨《また》ごうという不安定な体勢の夏花に、避《さ》ける余裕はない。妖が夏花に気づいて太刀を振り上げた途端《とたん》、毛皮に覆《おお》われた腕《うで》に錘《おもり》のついた荒縄《あらなわ》が絡《から》みつく。

「行ってください、夏花君！」

叫《さけ》び、流は荒縄を引いて妖を廊下から引き摺《ず》り落とした。

夏花は開け放たれた妻戸から麗景殿に飛び込み、目を瞠《みは》る。

妖《あやかし》に扮した侵入者と、若君の従者による斬《き》り合いが、そこここで行われているのだ。

「東宮《とうぐう》……！　東宮何処《どこ》にいるんだ！」

一進一退の激しい戦いの中、夏花は東宮の寝所《しんじょ》であろう御帳台《みちょうだい》を目指して壁際《かべぎわ》を進む。

御帳を払《はら》い除《の》ければ、すでに乱れた褥《しとね》の上に東宮はおらず。

近くで聞こえた剣戟《けんげき》の音に向かえば、赤い灯火《とうか》に照らされた東宮が妖に懐《ふところ》まで迫られていた。

東宮が右の手首を斬りつけられた瞬間《しゅんかん》、夏花は咄嗟《とっさ》に、握《にぎ》っていた折れた棒を妖に向かって投げつける。

左腕《ひだりうで》に当たって怯《ひる》んだ妖を、東宮はすぐさま斬りつけた。浅く切るだけに留《とど》まり、もうひと太刀浴びせようとした東宮だったが、手助けした人物を一瞥《いちべつ》して動きを止める。

「な……っ、なんで来た！　朝を待って行動しろと注意したはずだぞ！」

「やっぱりこの騒《さわ》ぎは東宮を狙《ねら》ったものだったんだ……。大丈夫？」

東宮の無事に安堵《あんど》した夏花とは対照的に、東宮は焦燥《しょうそう》を浮かべた。

「俺の忠告を聞く気はないのか！　自分の心配をしろ！　……くそっ」

東宮は妖が持ち直したことに気づき、夏花を背に庇《かば》って刀を構える。

夏花も、東宮の足手《あしで》纏《まと》いになりに来たのではない。

「逃《に》げよう、東宮。一旦《いったん》退《ひ》いて、態勢を立て直すべきだ」

「お前だけで逃げろ」

東宮は妖を睨《にら》み、夏花を振り返ることなく答えた。

「従者たちも散らばってたら、この数の敵を倒《たお》せない。東宮妃《ひ》候補もみんな一ヵ所で籠《こも》って防戦してる。そこに――」

「だったら余計に行けないな」

目の前にいるのは、昭陽北舎を囲む妖とは違い、完全に武装している。

そんな危険な者たちを、引き連れて逃げ込むことはできないと、東宮は言った。

「何より、俺に逃げる気はない。――こいつらは捕《つか》まえて、吐《は》かせる」

暗殺を仕組んだ黒幕を。

身を守ることしか考えていなかった夏花は、東宮の背中を見つめて息を呑《の》む。

従者も含《ふく》めて一人が妖一人を相手に拮抗《きっこう》していたのは、殺さず捕まえるため。

「……以前のような失敗は、しない…………っ」

苦み走る東宮の声音《こわね》から、若君が暗殺された時のことを語っているのだとわかる。

暗殺者を全て殺してしまったために、その黒幕を辿《たど》ることができなかった。

目の前の妖に扮した暗殺者を捕《と》らえられれば、四年前の黒幕に繋《つな》がるかもしれない。東宮は、この危機にあって、好機を逃《のが》すまいとしているのだ。

東宮の覚悟《かくご》と一念に、夏花は胸を打たれた。それほどまでの忠誠を、若君へ抱《いだ》いているのだと肌《はだ》に感じて。

「……わかった。東宮の邪魔《じゃま》はしない」

「逃げろと言ってるんだ」

苛立《いらだ》ったような声を向けられても、夏花に引く気はなかった。

「逃げる時は一緒だ！　私を庇う必要はない！」

夏花は褥の脇《わき》に据《す》えられた燭台《しょくだい》を摑《つか》んだ。

夏花と話す東宮の隙《すき》を見て、妖が太刀を振るって襲《おそ》ってくる。

切り結ぶ東宮の背後から、夏花は妖の左手へと回り、長さのある燭台を体の前に構えた。

妖の視界に入る位置を保ちつつ、夏花は自ら攻撃《こうげき》を仕かける無謀《むぼう》はしない。

刀を振るう力量のある暗殺者を相手に、夏花が下手な手出しをするだけ東宮に迷惑《めいわく》だ。それでも、一度不意打ちを食《く》らった妖は、夏花の存在を警戒して気を散らす。

力が拮抗しているなら、少しの集中力の差が勝敗を決めた。

「ぐぅ……っ、おのれ！」

太腿《ふともも》を斬りつけられ、機動力の落ちた妖は、初めて人間らしい声を発する。

手負いとなった妖を、東宮は油断なく追い詰《つ》めていった。

「左腕ももう使えない。逃げられると思うな」

二の腕にも深手を負った妖は、太刀を取り落とす。腰の短刀を引き抜くも、刀を持った東宮とではもはや勝負にならない。

「っ……！　東宮、もう一人いる！」

距離《きょり》を取っていたから気づけた夏花の警告に、東宮は左手から襲い来る妖を危《あや》うくかわした。

「く……っ。誰《だれ》かやられたのか…………っ」

新手の振《ふ》るう刀には、黒ずんだ液体が纏わりついている。焦燥を漏《も》らす東宮だが、だからこそ逃すわけにはいかないと、新手を睨んだ。

最初の妖は無力化したと見做《みな》し、東宮は新手と切り結ぶ。東宮の背後に立つこととなった夏花は、最初の妖が短刀を握り直すのを見た。

「この妖を逃がさないように……、私が…………！」

相手はすでに負傷し、素早《すばや》い動きもできない。握った燭台で短刀を叩《たた》き落とそうと心に決めた瞬間、最初の妖は東宮と距離を詰めることはせず、短刀を持つ腕を振り被《かぶ》った。

「東宮……っ！　そんなこと、させるか！」

新手に意識を集中する東宮に向かって、短刀を投げようとする妖に、夏花は気合いを発して燭台を突《つ》き出した。

「ぐぉ……っ？　この、先ほどから邪魔ばかり………！　女が出しゃばるな！」

夏花が突きつけた燭台に戦《おの》きはしても、妖はすぐさま夏花へと攻撃の構えをみせる。

「待て！　そいつに手を出すな！」

東宮は鍔迫《つばぜ》り合いをしていた新手を、力任せに押し退《の》け声を上げた。

「女だとか、今はそんなこと関係ない！　譲《ゆず》れないものは、女にだってあるんだ！」

夏花は突き出していた燭台を、思い切り下へと叩きつける。狙うは、東宮が斬りつけた太腿の傷。まだ血の止まっていない傷口を殴打《おうだ》され、妖は声にならない苦痛の声を上げ、膝《ひざ》を突く。

夏花が勝利を確信して笑《え》みを浮かべようとした瞬間、甲高《かんだか》い笛の音が内裏《だいり》に響《ひび》き渡《わた》った。

「これは……、宿直《とのい》の呼び笛ではない？」

夏花へと半身を返していた東宮は、音のほうへ首を巡《めぐ》らせる。新手の妖も上段に構えていた刀を下ろした。

流れるような動作で、妖が懐に手を入れたのを夏花は見る。

「東宮、気をつけろ！　何かするつもりだ！」

夏花の警告と同時に、新手は掌《てのひら》いっぱいの素焼《すや》きの壺《つぼ》を床《ゆか》に叩きつける。

夏花と東宮のちょうど中間で砕《くだ》け散った壺からは、粘性《ねんせい》のある液体が飛び散り広がった。

「何これ？　あ、この臭《にお》い……、油？」

警戒《けいかい》して夏花が床に撒《ま》かれた油から距離を取ると、新手は種火を取り出し床へと放《ほう》り投げた。

目の前で燃え上がる炎《ほのお》と熱気に、東宮も袖《そで》を払って妖を睨みつける。

間を置かず、麗景殿の中から、他《ほか》にも壺を割る音が立て続けに起こった。

「しまった！　放火か……！」

東宮は逃さぬよう、手負いの妖に迫《せま》る。

妖は、唯一《ゆいいつ》の武器である短刀を、迷いなく擲《なげう》った。

刃《やいば》の先には、夏花。東宮は総毛立つと、妖から注意を逸《そ》らした。

「わわ、きゃ……！」

咄嗟に体を捻《ひね》って避《さ》けたものの、強い衝撃《しょうげき》と共に、夏花は強《したた》かに背中を打ちつけた。

見れば、右腕《みぎうで》に当たる危ういところで、短刀は袖を貫《つらぬ》き背後の塗籠《ぬりごめ》の壁《かべ》に突き刺《さ》さっている。

「長姫《おさひめ》……！　無事か！」

夏花と東宮の間には、炎の壁が立ち昇《のぼ》る。東宮は憎々《にくにく》しげに、後退する妖を睨んだ。手負いの妖は、新手と合流して互《たが》いに頷《うなず》き合っていた。

麗景殿の内には瞬《また》く間に火の手が上がり、炎上網《えんじようもう》が形成される。

「同じ……手口……っ？」

東宮の目に憎悪《ぞうお》が宿る。

若君を暗殺した者たちも、形勢が悪くなると放火をしたという。

夏花も思い出し妖を見ると、新手が負傷した妖に手を貸し逃げ始める。

逃げ出す妖に応じて、麗景殿のあちこちで追撃《ついげき》の声が上がっていた。

夏花は短刀を抜《ぬ》こうと力を籠《こめ》るが、深々と刺さった短刀は微動《びどう》だにしない。袖を引き千切ろうともするが、体勢が悪く上手《うま》く力がかからない状態だった。

「長姫……！　無事か！」

炎越《ほのおご》しに聞こえる東宮《とうぐう》の声に、夏花は目を瞠《みは》る。

「何突っ立ってるんだ！　そんなに火に寄ったら危ない。見てる暇《ひま》があるなら逃げろ！」

「抜け出せないんだろうが……っ？　炎の回りが早い。このままだと焼け死ぬぞ！」

危険を知らせる東宮だが、炎を越えなければ手が出せない。夏花は東宮に動かせる左手を振って声を荒《あら》げた。

「いいから行って！　東宮こそ火に巻かれるよ！」

麗景殿の奥にある寝所《しんじょ》にいるため、火の手は四方から迫っている。

夏花も短刀を抜こうと努力するが、時間をかけられないのは明白だった。

「早く、東宮！　麗景殿を出て。妖《あやかし》を追うでもなんでもいいから逃げてよ。若君の仇《かたき》かもしれないんでしょ！」

話している間にも、妖は遠ざかる。追う従者たちの声も麗景殿の外からしか聞こえない。

声の方向を睨《にら》む東宮の目には、復讐《ふくしゅう》の炎がちらついている。だというのに、夏花に目を戻《もど》せば迷いを見せてその場を離《はな》れない。

「あぁ、もう……っ。自分の目的を忘れるな！　なんのために私を遠ざけたんだ。こんな所で死ぬためじゃないだろ！」

夏花の叱責《しっせき》に、東宮は一度背を向けるように足を踏《ふ》み出したが、歯嚙《はが》みして動かなくなった。

御帳台《みちょうだい》の帳《とばり》が燃え、焼き切れた御簾《みす》が至る所で落ち、火の粉を散らす。

「お、俺は…………っ。く……、まだ抜け出せないのか、長姫！」

なおも迷う東宮は、盛んになる火の手を見ていない。

夏花は危機感を覚えて叫《さけ》んだ。

「逃《に》げてってば……！　う、こほっ」

息を吸うのも苦しいほどの熱気と煙《けむり》が迫っている。どんなに力を入れても短刀は動かない。

夏花はもう己《おのれ》が逃げ出すことを考えず、東宮に向けて声を振り絞《しぼ》った。

「そんな所に立ったまま死ぬ気か！　今ならまだ逃げられるかもしれない……っ」

聞こえていないかのように動かない東宮に、夏花は怒《いか》りすら覚えて怒鳴《どな》る。

「この、逃げろって言ってるのに！　いいから…………逃げろ、真太！」

夏花は叫んでから、口をついて出た名前に驚《おどろ》く。同時に、忘れえぬ日がまざまざと脳裏《のうり》に蘇《よみがえ》った。

久世の真太。そう名乗った童子が、若君の文《ふみ》を橘《たちばな》の枝ごと差し上げて渡してくれたのだ。

目を瞠った東宮は、一度怒《おこ》ったように顔を顰《しか》めた。

顔を隠《かく》すように腕《うで》を掲《かか》げたかと思うと、刀を投げ捨て炎へと駆《か》け出す。

「何を……！　危ないって、やめ――っ。止まれ！」

夏花の制止を聞かず、炎を突き破った東宮は、夏花の眼前に走り込んできた。

何も言わず、夏花が摑《つか》む柄《つか》を上から握《にぎ》った東宮は、力任せに短刀を引き抜く。そのまま夏花

の腕を引き立たせると、ひと息で横抱《よこだ》きにした。

「ま、まま、待って、ちょっと！」

「喋《しゃべ》るな！　舌を嚙《か》むぞ！」

怒鳴るように警告した東宮は、火の手のまだ弱い場所を探して麗景殿の中を走る。

炎は刻々と広がり続け、後戻《あともど》りさえできない。東宮も熱気と焦燥《しょうそう》に息が上がっていた。

死を間近に感じて、夏花は思わず東宮の袷《あわせ》を摑む。見上げれば、東宮と目が合った。

「……死なせない………今度こそ！」

東宮はいっぱいに息を吸い込むと、炎に向けて駆けだした。

「顔を隠せ！　息を止めろ！」

夏花に警告すると、東宮は炎に蹴《け》りを入れるように飛び込む。

炎の先には妻戸があり、叩《たた》きつけられるように外向きに開いた。

廊下《ろうか》に飛び出した東宮は、夏花を抱《かか》えたまま勢いを殺さず高欄《こうらん》に足をかけると、火の手の届かない庭へと飛び降りる。

「はぁ……っ、はぁ………っ」

恐《おそ》る恐る目を開いた夏花は、荒い息を吐《は》く東宮を見上げた。精根《せいこん》尽きたのか、東宮は夏花を抱えたまま地面に膝をつく。

飛び出したのは七殿《でん》の中。辺りに人はおらず、燃える麗景殿からは火の粉が降っていた。

「大変、東宮！　燃えてる、袖！」

夏花は東宮の腕から降りると、寝間着《ねまき》の袖を叩く。

「馬鹿《ばか》、素手《すで》で触《さわ》るな！　火傷《やけど》するだろう！」

東宮は燻《くすぶ》る袖を地面の砂に擦《こす》りつけ、消火した。

夏花が火傷することを心配していながら、東宮のほうが血を流して傷を負っている。

「なんで私を助けるの？　せっかく仇かもしれなかったんでしょ……っ。東宮だけでも火が回る前に麗景殿から出ていれば――」

夏花が俯《うつむ》いて後悔《こうかい》の言葉を吐き出すと、東宮は目に険を湛《たた》えて立ち上がる。

「まず自分の行いを省《かえり》みろ。お前が勝手に来なければ、あんなことにはならなかったんだ」

「だから、気にせずに行けって言っただろ！」

足手纏《あしでまと》いになりたくなかったのに。結果を見れば、東宮の足を止めたのは誰《だれ》でもない自分だ。

夏花が自己嫌悪《けんお》に嘆息《たんそく》を吐くと、東宮は怒りも露《あら》わに言い返した。

「死にそうになっておいて、何を言ってるんだ！　自分の身も守れないような者が、敵の前に立つな……っ」

夏花を守るために、東宮は燃える麗景殿に残った。そうわかっていても、自分のせいで東宮が死にかけたと思えば、今さらながら恐怖《きょうふ》が体を這《は》い上がる。

「若君の想《おも》い人まで死なせたんじゃ……っ、申し開きのしようもないだろ………」

慙愧《ざんき》の念が滲《にじ》む東宮の声は、震《ふる》えていた。

東宮の優《やさ》しさのために助けられたと思っていた夏花は、若君への忠義のため命を張ったと知り胸がざわつく。

しん、と広がり蟠《わだかま》る感情に名をつけるなら、それは落胆《らくたん》と呼べるもの。

「どうして………？」

夏花を思っての行動ではなく、若君を思うが故《ゆえ》と知り、何故《なぜ》落胆するのかが夏花自身わからない。そんな自問の呟《つぶや》きを、東宮は己に向けられたものだと思い歯噛みした。

「どうしてだと？　そっちこそ、どうして——！　どうして、若君と同じこと言うんだ……っ。そんなの、見捨てられるわけないだろう！」

若君は、最期《さいご》に逃げろと東宮に言った。

そうして逃げた過去、若君が炎《ほのお》の中から出てくることはなかったのだ。

同じ轍《てつ》は踏みたくないと、東宮は震えるほど拳《こぶし》を握《し》り締める。

「そんな真似《まね》、できるか……っ。今回は守れたからいいものの、いつも守れるわけじゃないんだぞ！」

守れなかったことを悔《く》いて、復讐に命を捧《ささ》げる覚悟《かくご》を決めた東宮の、深い嘆《なげ》き。

夏花は、東宮が燃える麗景殿の中で、もう一度若君を失うような恐怖に苛《さいな》まれたことを知った。そんな思いをさせてしまったことに、唇《くちびる》を噛む。

「誰よりも若君を悼《いた》んでいるのが、東宮だってことはわかってる。死んだなんて今でも信じたくない私より、若君を助けられなかった辛《つら》さを抱えてるのが東宮だってことも、わかってる。でも――っ」

東宮の言葉に、夏花も言わずにはおれなかった。

東宮の腕に守られるように抱かれていた夏花には、ほとんど火傷はない。それに比べて、東宮は刀傷を受けた上で、肺《だ》さえ焼けつくような炎の中を走ったのだ。顔にも足にも火傷を負っているだろう。

「だからって、何も火に飛び込むなんて危ない真似しなくてもいいだろ！　死んでたかもしれないのは、東宮だって同じだ！　あのまま妖を追っていれば……、私を見捨てていれば、そんな火傷なんかせずに済んだじゃないか………っ」

きっと東宮は、若君の仇《かたき》を討《う》つためと言いながら、これからも危ないことを繰《く》り返すのだろう。己の命など顧みずに、擲《なげう》つことが生きる意味だとでも言うように。

「……そんなに若君の仇討《あだう》ちが大事なら、簡単に死ぬような真似をするな！」

「それはこっちの台詞《せりふ》だ！　考えなしに飛び込んできて、しかも見捨てろ？　勝手なことを言うな。少しは反省しろ！」

「自業《じごう》自得、結構。私はいいんだ！　命を懸《か》けても悔いはないように行動したんだから。でも、東宮は目的があるんだろ。少しは生き足掻《あが》け！」

「何を、この……っ。こっちがどんな思いで…………！　人が誰のことを心配して——！」

「私は、真太の心配をしてるんだ！」

夏花が言い放つと、東宮《とうぐう》は埒外《らちがい》の言葉に唖然《あぜん》とする。

「………。そう、か……」

想像もしていなかったと言わんばかりの東宮に、夏花はもどかしさと憐憫《れんびん》の思いから嘆息する。

「こんなんじゃ………、助けてくれたお礼も、言えないよ……」

命を捨てて助けてほしいわけじゃない。

けれど命を危《あや》うくする状況《じょうきょう》を招いたのは自分だ。

「……次があるなら、旨《うま》くやらなきゃ」

東宮の足を引っ張らないように、今度こそ東宮の助けとなれるように。

夏花の呟きに、東宮は戦慄《わなな》いた。

「お前は……！　少し危機感を持て。今夜のようなことは今後も起こる。他人の心配をするくらいなら、さっさと北山に帰れ！」

「だから次は気をつけるよ！　このままで帰ったりなんてしないから！」

東宮にとって自分の命の価値は低い。そんな東宮を見捨てて北山に帰ることなんてできない。

引かない意志を目に宿して睨《にら》み合っていると、麗景殿の南から人の気配が近づいてきた。

「東宮さま！　東宮さま、何処《いずこ》におられましょうか！」

「東宮さま、夏花君！　夏花君もいたら返事をしてくれ！」

聞こえたのは、藤大納言《とうのだいなごん》と城介の声。

他《ほか》にも大人数の足音と声が続く。

夏花は視線を感じた気がして、宣耀殿の屋根を見上げた。燃え盛る麗景殿の炎に、一瞬《いっしゅん》去って行く人影《ひとかげ》が見える。笠《かさ》を被《かぶ》っていたようなので、流だったのかもしれない。

夏花は首を巡《めぐ》らせ東宮を見上げた。同時に、東宮も声のする方角から夏花に目を向ける。

「……………知らないなんて嘘《うそ》吐いて、ごめん」

言わなければと思っていた謝罪を口にした夏花に、東宮は肩《かた》を跳《は》ね上げると、落ち着きなく視線を泳がせた。

「そんなこと、気にしてたのか……？」

「そんなことって――っ、……………もう……！」

他にも言いたいことはあるが、今はそんな時ではない。何より、時間をかけて変えていかなければ、自分を後に回す東宮の性格は変わらないだろう。

確かに覚えてないと言った時、東宮は傷ついていた。そんな自分さえ、東宮は受け入れないのだろう。東宮であるために。

東宮も言いたいことを飲み込む様子で、一度目を閉じた。

改めて視線を交《か》わすと、夏花と東宮は共に歩き出す。
今は互《たが》いの無事を喜ぶ思いを、胸に抱《いだ》いて。

終章　近くて遠い場所

妖騒動《あやかしそうどう》から三日。まだ焦《こ》げ臭《くさ》い風が内裏《だいり》に吹《ふ》く中、広くもない淑景北舎から東宮妃《ひ》候補三人が退出していく。

「はぁ……。なんかみんなやる気になって帰ったけど、お礼なんて本当にいらないのになぁ。門原どののことを他言しないでいてくれれば」

「姫《ひめ》さま、お言葉遣《ことばづか》いにはお気をつけくださいませ。東宮妃候補さま方が知らないふりをなさるのは、あの夜のことだけと仰《おっしゃ》いましたでしょう」

深更《しんこう》、妖に扮《ふん》した暗殺者が現れた夜。

摂津は取り乱して叫《さけ》ぶだけという醜態《しゅうたい》を晒《さら》した。

藤大納言が一人で庭を逃《に》げていたのは、侍女《じじょ》の誰《だれ》にも守られず結果的に見捨てられたから。

城介は夏花がいない間に何かあったらしく、沢辺と門原への婉曲《えんきょく》な口止め。

助けられた感謝と口止めのために、それぞれが礼物を持って北舎を訪《おとず》れていた。

喉《のど》が渇《かわ》いたと言う夏花に応じて、沢辺は北舎を後にする。

「何も三人同時に来なくてもいいのに。しかも、言うことも同じ。今回のことは感謝しても、東宮妃候補として手を抜《ぬ》く気はないなんて。ふぅ……。──もしかして、東宮居る？」

「よくわかったな」

北舎の北から現れた東宮は、悪びれもせず母屋《おもや》にやって来た。

「うわ、本当にいた。冗談《じょうだん》半分だったんだけど」

そろそろ話しに来る頃《ころ》合いとは思っていたのだ。

決まりの悪い表情を浮《う》かべる東宮は、母屋に残る東宮妃候補たちの残り香《が》に目を細める。

「……東宮妃候補たちは、俺の知らない顔を持っているな。俺を前にした時とは、全然違《ちが》った」

言葉、態度、雰囲気《ふんいき》。どれも同じ立場の夏花を前にしてこそ表れたものだ。

ふと東宮妃候補と話す東宮を思い描《えが》き、夏花は東宮も同じではないかと可笑《おか》しさを覚える。

「ふふ……、そりゃね。好きな人の前では良く見せたいだろうし」

夏花が頷《うなず》くと、東宮は気まずげに視線を逸《そ》らす。

「東宮さ…………、東宮妃を選ぶ気ある？」

「……なんだいきなり。もちろん、東宮として必要なら選ぶに決まっている」

今上《きんじょう》が候補を揃《そろ》えた以上、四人の中から選ばなければならない時が来る。

東宮は自身が偽者《にせもの》であると知っているから、気まずいのだろう。本物と疑わない東宮妃候補を騙《だま》して東宮妃にすることが。

「……………思いやれる人なんだ」

口の中だけで呟《つぶや》いた夏花は、逃げる妖を睨んだ東宮の暗く光る目を思い出す。

命を懸けるほどの復讐《ふくしゅう》を抱《かか》えていながら、結局夏花を助けることを選んだのは、真太と呼ばれた山荘《さんそう》の童子の根底にある性格のためだろう。

きっと麗景殿に来たのが夏花でなくても、東宮は東宮妃候補を助ける道を選んだのではないかと、夏花は考えた。

妖の放火で麗景殿は消失。風向きのお蔭《かげ》で隣接《りんせつ》する北の宣耀殿は無事だった。

そのため、東宮は夏花のいる北舎からすぐ西の宣耀殿で今は起居している。図《はか》らずも、最も東宮から遠かった夏花が、今は最も近い場所にいた。

「妖騒動の黒幕、特定できそう？」

夏花の問いに、東宮は聞こえないふりで腕《うで》を組む。

答えを催促《さいそく》して夏花が睨めば、東宮は教えるはずがないだろうと、目顔で失笑《しっしょう》する。

「手がかりになりそうな短刀、持ち出して渡《わた》したのは私だよ？」

燃え盛る麗景殿の中、袖《そで》を固定した短刀を夏花は離《はな》さず摑《つか》んでいた。

妖の姿はすでにない中、少しでも若君の死の真相に繋《つな》がる手がかりが欲しいためだった。

刃物《はもの》を作るには技術と設備がいる。何処で作られた短刀であるかがわかれば、妖を装って暗殺者を送り込んだ黒幕に、繋がるかもしれない。

東宮《とうぐう》は顔を顰《しか》めながら、一つ首を横に振《ふ》った。

まだ確かな手掛《てが》かりは得られていないらしい。

「じゃあ、子《ね》の日の宴《うたげ》のことは？　私被害者《ひがいしゃ》なんだけど」

先んじて答えのはぐらかしを許さないことを示せば、東宮は言い訳を思いつけなかったのか
不承ぶしょう話してくれた。

「……あれは、藤原家の差し金だった。まず楽器の弦《つる》に細工したのが、大納言の侍女だ。大納言の姫以外を陥《おとしい》れようとした策略で、妖騒動とは関係がないとわかっている」

犯人の侍女が夏花に目撃《もくげき》されたことから、容疑を逸らそうと妖の噂《うわさ》と結びつけて吹聴《ふいちょう》したのだと言う。

「東宮妃に一番近い候補の家を、いきなり罪に問うことはできない。楽器の件には目撃者がいるものの、御簾《みす》の件は侍女の仕業《しわざ》であると明言できない。今上の宴を妨《さまた》げたと罪に問えば、藤原家が敵になる。東宮妃候補たちには、妖が姫君たちを怖《こわ》がらせるため仕組んだということになっている。——悔《くや》しいだろうが、我慢《がまん》してくれ」

復讐のためには無用な敵を作っている場合ではない。藤原家は今上の女御《にょうご》にして、東宮の生母を擁《よう》する立場にある。ことを大きくすれば、自分の首を絞《し》めかねない。

流が以前話してくれたとおりらしい。夏花はもうすぎたこととして、東宮の求めに応じた。

「今上の宴をいたずらに騒《さわ》がせたんだ。内々にだが、藤原家には釘《くぎ》を刺《さ》し、侍女には相応の罰《ばつ》を受けさせるよう手配している。次も同じことをしてくるほど、藤原家も馬鹿《ばか》ではないだろう」

夏花よりも、東宮のほうが口惜《くちお》しそうに眉間《みけん》を険しくしている。

「妖騒動、か……。妖のせいにして、暗殺者のことは伏《ふ》せるの？　城介どの辺りは、妖の目的に気づくんじゃないかな」

落ち着いて考えれば、夏花にも妖騒動の意味が見えてくる。

「東宮の下《もと》へ現れたのは妖を装った暗殺者。東宮妃候補を囲んだ者たちも、妖に扮してはいたけど目的が違う。あっちは暗殺を妖の仕業にするための、目撃者を作ろうとしていたんだ」

東宮の暗殺が本命だとして、妖を装った理由は、黒幕が誰《だれ》から見ても東宮が死んで利を得る者であるため。一番に疑われる立場の者だからだろう。

「けど、暗殺者側も目論見《もくろみ》が外れてる。怯《おび》えて動かないだろうと思ってた姫君《ひめぎみ》は、庭に飛び出すし、叫んで逃げるし、抵抗《ていこう》するし。私なんか、一番遠ざけたかった東宮の所に走ったもの」

「全くだ……っ。朝が来るまで大人しくしていろと最初に言ったのに。妖探しじゃ飽《あ》き足らず、自ら危機を呼び込んで。まさか姫君の誰も俺の言いつけを守らないとは………」

疲《つか》れたように嘆息《たんそく》する東宮は、東宮妃候補の身を守る手をそれとなく打っていたらしい。東宮の内心を聞くのも吝《やぶさ》かではないが、夏花は無言で答えを促《うなが》し見つめる。

敵の手に乗って暗殺を公表しない理由を、夏花は知りたかった。

「はぁ……。暗殺者を送り込み、危なくなれば放火して逃げる。手口は四年前と同じだが、妖のふりをさせるという芸を仕込む辺り、同一犯とは言い切れない」

東宮は諦《あきら》めたように話し始めた。

「妖が潜《ひそ》んでいたのは工事の工人《こうじん》の中だ。門原どのが調べていた。朝から入った工人の数と、夕方に出ていく工人の数が合わないと」

工事現場に隠《かく》れ潜んで内裏に残った者が、深更を待って妖のふりをしていた。東宮の説明に、夏花の脳裏《のうり》で低く話し合う工人の声音《こわね》が思い出される。がらが悪いとは思っていたが、本当にいるべきではない者だったらしい。

「妖の侵入《しんにゅう》を謀《はか》ったのは、工人の数を管理する現場監督《かんとく》。もしくは現場監督に命令を下せる所管の貴族だ。誰が手引きをしたかは今探《さぐ》っている最中だが、場合によっては泳がせることも検討している」

「場合って？　今さら濁《にご》さないでよ」

「……東宮妃《ひ》候補の家に繋がるなら、泳がせるという意味だ。東宮妃候補三人は、血筋を見れば誰もが皇位継承権《けいしょうけん》を持つ者に繋がる。下手に刺激《しげき》したくはない」

今東宮妃候補を刺激しては、東宮の婚姻《こんいん》という餌《えさ》で釣《つ》りたい四年前の黒幕を遠ざける結果になるかもしれないのだ。

東宮が東宮妃候補さえも疑っていると知り、夏花は目を瞠《みは》る。

同時に、東宮は言いにくそうに視線を彷徨《さまよ》わせた。

「元もと、内裏《だいり》に異変があれば宿直《とのい》にはまず、俺ではなく東宮妃候補の安否を確認《かくにん》するよう命じてあった。だがあの夜、宿直が現れなかったのは……皆《みな》、酒に薬を盛られて寝《ね》ていたからだ。その酒は、とある僧《そう》が差し入れたものだと調べはついているが、僧はすでに逃げていた」

東宮が言外に何を言いたいのか、察した夏花は表情を引き締《し》めた。

僧を動かせる人物として、出家している上皇も怪《あや》しいが、夏花と関《かか》わりのある仏門勢力も怪しい。夏花の後見は橘家のみではなく、北山の仏門勢力でもあるからだ。

話す以上、東宮は夏花自身を疑ってはいない。けれど夏花のみならず、若君にも所縁《ゆかり》ある者を疑わなくてはいけない現状に、東宮は辛《つら》そうに目を閉じた。

「……もし、仏門勢力が若君の件に関わっていたとしても、東宮は自分の目的を果たせばいい」

夏花の言葉に、東宮は目を見開く。

夏花としても僧都にまで累《るい》が及《およ》んでは申し訳ないが、若君暗殺の黒幕を放《ほう》ってはおけない。

「私は、ここで真太が何を成すのかを見届ける」

それが夏花にとって不利なことであっても。

決意をもって見つめる夏花に、東宮は自嘲《じちょう》の笑《え》みを浮《う》かべた。

「そうだな……。俺の罪を問えるのは、お前だけだ」

暗い眼差《まなざ》しをする東宮に、夏花は己《おのれ》の膝《ひざ》を叩《たた》いて注意を引く。

「求めて不幸になるのは間違《まちが》ってる。あんたは生きているんだ。生かされてるんだ。命を懸《か》ける覚悟《かくご》は、無闇《むやみ》に命を投げ出すことじゃない！　その思い違いを、私が側《そば》で正してやる！」

珍《めずら》しく動揺《どうよう》を露《あら》わにした東宮に、夏花は苦笑《くしよう》を浮かべた。

道を外れた者を正すのは、同じ道を生きる人間しかいない。死者ではできない。

放っておけば死んでしまいそうだと、改めて思う。

己を犠牲《ぎせい》にしてでも若君の仇《かたき》を討《う》とうとする復讐心は、東宮自身を滅《ほろ》ぼしかねない。優《やさ》しかった若君は、決してそんなことのために逃《に》げろと言ったわけではなかったはずだ。

「真太が苦しむこともなくなったら、私も……泣けるのかな？」

掠《かす》れた夏花の呟きは、東宮には届いていない。

きっと東宮が思い出す若君は、死に際《ぎわ》なのだろう。だから己を責めて、夏花に謝りもした。

死んだと信じられず泣けない夏花と、死に際に立ち会ったからこそ辛苦《しんく》にもがく真太。

東宮が復讐を遂《と》げ、若君への弔《とむら》いを終えた時、その死を受け入れ涙《なみだ》することができるだろうかと、夏花は自問し、東宮を名乗る真太を見つめ直す。

「そうだ……。東宮妃候補が怪しいと言うのなら、私が調べればいいじゃないか。東宮では引き出せない本音も、東宮妃の座を競《きそ》い合う私になら、何か漏《も》らすかもしれないだろ？」

「な……っ。馬鹿を言うな！　今度は御簾を落とす程度で済まないかもしれないんだぞ」

「死ぬ気はないけれど、このまま若君の死の真相を知りもせずに帰れない。東宮妃候補という側にいられる名目があるんだ。私を少しは利用しようという考えはないのか？　下手な言いがかりをつけて遠ざけるくらいなら、いっそ、私を巻き込めばいい」

知らず門原と同じことを言う夏花に、東宮は絶句した。

「だからまず…………、真太のことを教えてくれ」

忘れてしまっていた。昔は気にも留めていなかった、山荘《さんそう》の童子。

まずは今、東宮と呼ばれる者が己を見失わないよう、若君に報《むく》いようと誓《ちか》った心が根差した真太という少年を知りたい。

力も知恵《ちえ》も、東宮には敵《かな》わない。無理について行っても足手纏《あしでまと》いになる。それが今回の妖《あやかし》騒動《そうどう》で痛いほどわかった。

夏花は、新たな目的を定めて微笑《ほほえ》む。途端《とたん》に、自失していた東宮は肩《かた》を跳《は》ね上げた。

「…………っ。教えるほどのことはない」

そっぽを向いて拒絶《きょぜつ》する東宮だが、夏花に引く気はない。

「そうか……。だったら勝手に知っていこう。——覚悟しろ」

顎《あご》を逸《そ》らして不遜《ふそん》に言い放つ夏花に、負けていられない東宮も感情を押し込めるように顔を顰《しか》めながら言い返す。

「そっちこそ……。次にやらかしたら本当に追い出してやる」

夏花を案じる東宮《とうぐう》なら、本当にするだろうとは思う。北山に帰されたなら、と考えようとして、夏花は不毛な思考を頭から追い払《はら》った。答えは、今胸の中にあるのだから。

若君の死に泣けないままでは苦しい。けれど、失われたと認めるにはまだ惜《お》しい。若君の死を受け入れる日が来ないことさえ、願ってしまうほどに。

若君を悼《いた》んで、泣ける日がいつになるかはわからない。それでも、その日が来るまではせめて真太の側にいよう。

そう思い決めた夏花は、笑みを深めて応じた。

「やってみろ。私は真太を、置いては行かないから」

不意打ちを食《く》らったかのように茫然《ぼうぜん》とした東宮は、口元を押さえて、また顔を背《そむ》けた。

耳が赤いのは、気のせいだろうかと考えながら、夏花は言葉を続ける。

「これだけは覚えておいて。若君を思っているのは、あなただけじゃない。真太に生きて欲しいと思ってるのも、若君だけじゃないから。——無茶《むちゃ》をするな」

夏花は何度となく言われた言葉を東宮に返す。

「……よく言うぜ……」

そんな一言を絞《しぼ》り出した東宮は、振《ふ》り返って目を眇《すが》める。

してやった、という思いで夏花は袖《そで》を上げ、笑いに緩《ゆる》む顔を半ば隠す。すると東宮は何か気づいた様子で柱から背を離《はな》し近づいてきた。

目の前に腰《こし》を下ろした東宮に、夏花の胸は大きく脈打つ。過日の妖騒動では、火を踏《ふ》んで火傷《やけど》しないように抱《だ》き上げられもしたが、明るい日の中で東宮と距離《きょり》を詰《つ》めたのは初めてだ。

「ちょ、待っ、あの……っ」

攻撃的《こうげき》な対抗心《たいこう》もなく、年頃《としごろ》の男性を間近に見ることなど、夏花にとっては初めての経験。

今さらどう対応していいかわからず慌《あわ》てる夏花に、東宮は手を伸《の》ばしてきた。

夏花は驚《おどろ》いて身を硬《かた》くする。東宮は眉《まゆ》を顰《ひそ》めると、ひと房《ふさ》の髪《かみ》を持ち上げた。真剣《しんけん》に髪を見つめる姿は、今にも口づけをしそうなほど近い。

「ここだけ切ったのは、麗景殿の火事のせいか？」

東宮の問いに、夏花は改めて東宮が手にした髪を見直す。身長を超《こ》える髪の中で、ひと房だけ不自然に短い。

「あ、なんだ……。うん、焦《こ》げて縮れちゃった部分切ったんだ」

就寝時《しゅうしん》、髪を纏《まと》めていたため、火に巻かれた割に被害《ひがい》は少なく済んだ。目立たないよう長い髪の内側に隠していたのだが、袖を上げた拍子《ひょうし》に見えてしまったようだ。

「……………勿体《もったい》ない」

「これくらいなら、また伸びるよ」

沢辺と同じことを言っている、と笑う夏花の軽さに、東宮はさらに顔を顰めた。

「お前が損《そこ》なわれるのは我慢《がまん》ならない」

「……え？」

掠れた疑問符《ぎもんふ》が夏花の口から漏れる。東宮は短くなった髪のひと房に見入ったまま。労《いた》わるように指先で撫《な》でる動きが艶《なま》めかしく、夏花は直視できなくなった。おかしな声が漏れそうで口を手で覆《おお》えば、頰《ほお》に触《ふ》れる指先に熱が伝わる。

赤面していると自覚した夏花は、さらに顔が熱くなった気がして胸中が荒立《あらだ》った。

「長姫《おさひめ》は……、昔から綺麗《きれい》だった……」

突然《とつぜん》の賞賛に、夏花の心臓は鼓動《こどう》を速くする。昔からということは、今も綺麗だということだろうか。

今までにない直截《ちょくせつ》な褒《ほ》め言葉に、夏花は受け流すこともできず大いに狼狽《うろた》えた。

「…………若君も良く褒めていたのにな、この髪……」

水が流れ落ちるように、夏花の頭は冷静になる。同時に、心乱された己が恥《は》ずかしく夏花の声に険が宿った。

「……髪か、紛《まぎ》らわしい！　しかも東宮自身は褒めることしないのか、この朴念仁《ぼくねんじん》！」

いきなり怒声《どせい》を向けられ、東宮は驚きながらも言い返す。

「なんだ、いきなり。褒められたいなら、褒められるような行動をしろ」

「そういうことじゃない……っ。あぁ、もう！」

未《いま》だ髪の艶《つや》やかな肌触《はだざわ》りに指を滑《すべ》らせているのも無意識か、と夏花は指摘《してき》する気も失《う》せる。

「綺麗なんて褒めるにしても、和歌で詠《うた》いかけるとかそういう気遣《きづか》いはないのか」

夏花が不満を呟《つぶや》くと、東宮は和歌を詠いかける状況《じょうきょう》を考え、俯《うつむ》く。すると、自身の手が何をしているのかに気づいた様子で身を硬くした。

突然動きを止めた東宮を、夏花は訝《いぶか》って横目に見る。髪をひと房見つめる姿は同じだが、目は動揺に見開かれ、頰は疑いようもなく赤くなっていた。

「え、えぇ……？　なんであんたが赤く――」

赤面する東宮につられ、夏花も頰の熱が再燃する。

声に視線を上げた東宮と、夏花は思わぬ近さで見つめ合うことになった。落ち着かない沈黙《ちんもく》と、心臓の音さえ互《たが》いに聞こえそうな緊張《きんちょう》が、母屋《おもや》の中で高まっていく。

何か言わなければ、と夏花が焦《あせ》って唇《くちびる》を震《ふる》わせた途端、左手の半蔀《はじとみ》で微《かす》かな物音が立った。

静かな母屋では衣擦《きぬず》れさえ大きく聞こえる。夏花と東宮は肩を跳ね上げると、音の方向へ弾《はじ》かれたように首を巡《めぐ》らせた。

見れば、白湯《さゆ》を手にした沢辺と、締《し》まりのない笑《え》みを浮かべた門原が、隠《かく》れようと身を縮めている。

「あら、あら。ほほほ。気が回りませんで。出直して参ります」

気づかれたとわかった沢辺は、わざとらしい笑い声を漏らすと白湯を持ったまま離れて行こうとする。

「俺も今度はちゃんと隠れてますから、ささ、続きをどうぞ」

両手を差し出すように動かして促《うなが》す門原も、沢辺に続いて離れようとしていた。

東宮と見つめ合ってしまったことから、側近二人があらぬ疑いをかけていると悟《さと》った夏花は取り乱して否定する。

「……ち、違《ちが》う！」

絞り出した否定の言葉は、図《はか》らずも東宮と重なっていた。

あとがき

お手に取っていただいてありがとうございます。私、九江桜《ここのえさくら》の三冊目、新作となりました『恋《こい》がさね平安絵巻』。

前シリーズとは時代も場所も全く違《ちが》うお話です。なんと言っても、今作主人公の夏花《なつはな》を始め、本名で呼ばれる人がほとんどいません。平安時代は諱《いみな》という文化があり、高貴な人を直接呼ぶのは無礼なことでした。なので、作中で本名が出るのは三人だけ。夏花のライバルである東宮妃《ひ》候補にも名づけはしたのですが、摂津《せっつ》と城介《じょうすけ》に至っては家名さえ出ていません。歴史に興味がある方なら、源氏《げんじ》平氏《へいし》筋《すじ》の人間が行った鬼退治《おにたいじ》でピンとくるかも？

そして今作から、編集者の担当女史が交代しました。新旧どちらもイニシャルが同じということを発見し、一人ワチワチしております。小さな発見が嬉《うれ》しい得な性格です。

そんな新担当女史から歴女ではないかと言われました。はて、出不精《でぶしょう》なものであまり経済効果には寄与《きよ》していませんが、歴史好き程度でも歴女を名乗れるのか？　友人に「不思議さん。ちゃんじゃない。不思議さん」と言われるよりは胸《むね》を張って名乗れる、のか？

担当編集の交代には驚《おどろ》きましたが、考えてみれば前職でも五年くらいで配置換《はいちが》えがありました。特殊《とくしゅ》な職についたなぁとは思いますが、案外常識の範囲《はんい》を逸脱《いつだつ》はしません。関《かか》わるのも常識的で良い方ばかりです。

さて今回イラストを担当してくださったのは、吉崎《よしざき》ヤスミさまです。それぞれの個性を描《えが》き出していただいた東宮妃候補や、脇《わき》のはずなのに良く喋《しゃべ》る門原《かどわら》の存在感など私の想像の上を行くイラストです。本当にありがとうございます。

そして担当女史。新担当女史とはこの本が初めてのお仕事になりますが、何度も作品のためのご相談に乗っていただきありがとうございました。精進《しょうじん》しますので、引き続きお力添《ちからぞ》えをよろしくお願いいたします。

この作品に関わった全《すべ》ての方々へも、この場を借りて御礼《おれい》申し上げます。もちろん、拙作《せっさく》を読んでくださる読者方には最大の感謝をお送りいたします。

最後にお知らせ。なんと、『いじわる令嬢《れいじょう》のゆゆしき事情』に三巻のお話が来ております。これも応援《おうえん》してくださった皆《みな》さまのお蔭《かげ》です。より気合を入れて、楽しいと言っていただける作品になるよう頑張《がんば》りますので、しばしお待ちください。

九江桜

BEANS BUNKO

「恋がさね平安絵巻 君恋ふる思い出の橘」の感想をお寄せください。
おたよりのあて先
〒102-8078 東京都千代田区富士見1-8-19
株式会社KADOKAWA 角川ビーンズ文庫編集部気付
「九江 桜」先生・「吉崎ヤスミ」先生
また、編集部へのご意見ご希望は、同じ住所で「ビーンズ文庫編集部」
までお寄せください。

恋《こい》がさね平安《へいあん》絵巻《えまき》 君《きみ》恋《こ》ふる思《おも》い出《で》の橘《たちばな》

九江《ここのえ》 桜《さくら》

角川ビーンズ文庫 BB122-3 20726

平成30年1月1日 初版発行

発行者――三坂泰二
発 行――株式会社KADOKAWA
〒102-8177 東京都千代田区富士見2-13-3
電話 0570-002-301（ナビダイヤル）
印刷所――旭印刷 製本所――BBC
装幀者――micro fish

ISBN978-4-04-106458-0 C0193 定価はカバーに表示してあります。

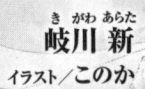

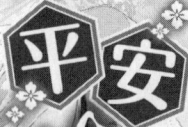

凰《おう》姫《き》演《えん》義《ぎ》
中臣《なかとみ》悠月《ゆづき》
イラスト／伊沢《いざわ》玲《れい》
恋する相手にすすめられた、
望まぬお見合いの宴で
一発逆転!?
想いをよせる宰相・伯龍から、婿取りの宴の開催を告げられた花国の姫・紅蘭。軍事大国・董国への後宮入りを断るには、後ろ盾となる婿君が必要。王族の義務と自分の気持ちに揺れる紅蘭の、逆転の手段とは……!?
好評既刊 ※ 救国はお見合いから!?

●角川ビーンズ文庫●